dtv

Mitten im Krieg macht ein Zirkus in Mareks polnischem Heimatstädtchen halt: Die Wagen sind schäbig, die Tiere struppig und der Zirkusdirektor ist nicht einmal ein richtiger Italiener. Doch Marek ist begeistert: vom Zirkus und von der Liliputanerin Simone, die ihn in die Geheimnisse der Liebe einführt.
Meisterhaft versteht es Włodzimierz Odojewski, das Gefühlschaos aus freudiger Erregung, erwachender Sexualität und tiefer, vager Beunruhigung angesichts der verstörenden Vorfälle in Mareks Umfeld in poetischen Bildern einzufangen und vom Erwachsenwerden in schwieriger Zeit zu erzählen.

Włodzimierz Odojewski, geboren 1930 in Posen, studierte Wirtschaft und Soziologie. Er ist Autor zahlreicher Romane, Erzählungen und Hörspiele. 1971 emigrierte er zunächst nach Paris und siedelte dann nach München über, wo er neben seiner schriftstellerischen Arbeit als Radiojournalist für Radio Free Europe tätig war. 1989 kehrte er erstmals wieder nach Polen zurück. Heute lebt er in Warschau und in München.

Włodzimierz Odojewski

Als der Zirkus kam

Zwei lange Erzählungen

Aus dem Polnischen
von Barbara Schaefer

Deutscher Taschenbuch Verlag

Die Originalausgaben der beiden Erzählungen
erschienen 2000
unter den Titeln »Cyrk przyjechał, cyrk odjechał« und
»Nie można cię samego zostawić o zmierzchu« in dem Band
›Jedźmy, wracajmy i inne opowiadania‹ beim
Verlag Twój STYL in Warschau.

2012 Deutscher Taschenbuch Verlag GmbH & Co. KG,
München

Umschlagkonzept: Balk & Brumshagen
Umschlaggestaltung: Wildes Blut, Atelier für Gestaltung,
Stephanie Weischer unter Verwendung eines Fotos von
plainpicture / Millennium / Paula Salischiker
Druck und Bindung: Druckerei C. H. Beck, Nördlingen
Gedruckt auf säurefreiem, chlorfrei gebleichtem Papier
Printed in Germany · ISBN 978-3-423-14168-0

Als der Zirkus kam 7

In der Abenddämmerung 95

Als der Zirkus kam

Jener noch recht frühe Nachmittag, der aus dem Regen hervortauchte und wie von einem Blitzstrahl durch die plötzlich hinter den Wolken sich zeigende Sonne erleuchtet wurde, hatte sich seinem Gedächtnis mit besonderer Intensität eingeprägt, obwohl das Allerwichtigste, das sich ereignete und das sich hätte ereignen können, sich aber doch noch nicht ereignete und erst später stattfand, und ihn bestimmt einige inhaltsleere Tage ohne Bedeutung von jenem Tag und Morgen trennten, zu denen er oftmals voll höchster Erregung in seiner Erinnerung zurückkehrte und immer wieder zurückkehren würde; das war jener Nachmittag im Herbst, als der Zirkus in die kleine Stadt kam und als er sich zum ersten Mal in seinem Leben verliebte.

Von einem Hügel auf der gegenüberliegenden Flussseite aus beobachteten die drei – seine Cousine Karola, sein älterer Bruder Wiktor und er, Marek, der jüngste von ihnen –, wie sich die bunt bemalten Zirkuswagen von der alten Brücke her auf dem von Pappeln beschatteten Weg näherten. Die Wagen nahmen nicht die Landstraße, die viel bequemer gewesen wäre, sondern den hinter abgeernteten und sich schon gelb färbenden Obstgärten gelegenen Feldweg, auf dem sonst die Ziegen und Kühe von der Weide ins Dorf getrieben wurden. Durch den vor Kurzem niedergegangenen Platzregen versanken die Wagenräder im Matsch, die Pferde, deren Messingschellen läuteten, mühten sich im Geschirr ab, und unter ihren Hufen spritzte der Dreck hervor; Männer, groß wie die Gepäckträger auf den Bahnhöfen und dunkel und struppig wie Kohlenkutscher, schoben von hinten die Tiere an, um ihnen das Fortkommen zu erleichtern.

Irgendwo in der Ferne, über dem Wald, war am Himmel ein Regenbogen zu sehen. Hoch über dem Flusstal zogen Saatkrähen kreischend ihre Kreise (ihr Geschrei wurde plötzlich noch schriller und herzzerreißender als zuvor), währenddessen in der Schlehe die Amseln umherflatterten und die letzten Stare sich an den Ästen rieben und mit ihrem Gezwitscher an zerschlagenes Glas erinnerten. Trotzdem war es ringsum so still, dass es schien, man höre das Rascheln eines einzelnen auf die Erde fallenden Blattes. Obwohl das alles noch nicht da geschehen war, sondern erst, als Wiktor seine Hand über die Augen hielt, um sie vor der Sonne zu schützen, und sagte:

»Seltsam« (aber vielleicht sagte er zuerst »seltsam« und dann, nachdem er die Augen mit der Hand vor der Sonne geschützt hatte, blickte er auf den Weg und auf die Zirkuswagen), worauf er, Marek, erwiderte: »Ich sehe nichts Seltsames. Nur einen Zirkus«, und die sich ihnen von hinten nähernde Karola, die nervös auf einem Grashalm herumkaute, fragte: »Müsst ihr euch denn immerzu streiten? Was ist ›seltsam‹?«

»Dass um diese Jahreszeit ein Zirkus hierher kommt«, sagte Wiktor achselzuckend, worauf er, Marek, erwiderte, dass dazu ja eigentlich jede Jahreszeit geeignet sei, obwohl er sofort dachte, dass es natürlich seltsam sei, erst gegen Ende des Herbstes.

Denn es war eigentlich noch warm, aber nicht mehr so richtig. Zwar zeigte sich die Sonne manchmal noch für einige Stunden, und dann wärmte sie, in den Morgen- und Abendstunden aber herrschte bereits eine empfindliche Kälte, und man war bis auf die Knochen durchgefroren, vor allem in Flussnähe war die Kälte zu spüren, und nachts waren die umliegenden Wiesen und die Uferböschung hier und da mit dem Weiß des Raureifs bedeckt. Trotzdem wurden, als sei es Sommer und Hochsaison, eine Stunde nach Ankunft des Zirkus auf dem durch die Tiere ausgetretenen Platz hinter dem Schlachthaus des Ortes die leichten Zelte aufgebaut: ein größeres, ovales, und zwei kleinere, viereckige. Dort wurden auch, nur etwas weiter hinten, in einer Reihe die Zirkuswagen und die anderen Wagen mit der Ausrüstung und den Tieren aufgestellt. Und dann zeigte sich sofort, dass das überhaupt kein berühmter Zirkus war, obwohl er SARRASSINI hieß, was fast so klang wie SARRASANI (der Zirkus SARRASANI – wie die Erwachsenen beim Abendessen behaupteten – sei jedoch ein renommierter Zirkus, den man von Italien und Österreich bis zu den baltischen Staaten kenne, im Übrigen komme der echte Zirkus SARRASANI nicht in ein solches Kaff wie ihr Städtchen), übrigens auch kein anderer mittelklassiger Zirkus, denn auch ein solcher zöge es bestimmt vor, woanders aufzutreten, wo er ein größeres und anspruchsvolleres Publikum habe; es waren also nur vier Wagen auf Rädern, vor die recht abgemagerte Pferde gespannt waren. Bei diesen Pferden konnte man sich auf den ersten Blick nur schwer vorstellen, dass das dieselben Dressurpferde sein sollten, die dann in der Manege auftraten; und noch fünf größere Wagen mit Ausrüstung und Tieren in Käfigen. Aber was die Tiere betraf, so war außer dem Löwen, einigen Schlangen, einem Kamel, einem alterssteifen Bären, dessen Fell schon kahle Stellen hatte, und einem Kapuzineräffchen der ganze Rest schwer zu den echten Zirkustieren zu zählen: Hunde, zwei Zwergziegen, zwei Shetlandponys, außerdem Kaninchen sowie die Tauben des Zauberkünstlers – und das war alles.

Auch die Zirkusleute erinnerten in keiner Weise an die phantastischen, Bewunderung hervorrufenden Athleten und Trapezkünstler des echten Zirkus Sarrasani – sie erinnerten nicht einmal an die Artisten der verschiedenen Mittelklassezirkusse, die Marek und Wiktor einst in den Orten gesehen hatten, in denen sie gewohnt hatten und von wo sie mit den Eltern in jenem denkwürdigen September 1939 geflüchtet waren (sodass sie aufgrund ihrer immer noch lebendigen eigenen Erfahrungen Vergleiche ziehen konnten) – überhaupt sahen sie nicht wie echte Zirkusleute aus, eher wie verkleidete oder sich als Zirkusleute ausgebende Zigeuner, zumindest die Hälfte von ihnen, und so war es üblich, sie während der nächsten Tage »die Maskierten« zu nennen, was kein schmeichelhafter Spitzname war, weil sich nämlich darin die Geringschätzung ausdrückte, die sie – wie er, Marek, oftmals später dachte – mit Sicherheit überhaupt nicht verdient hatten, da sie im Gegenteil ihr Bestes gaben. Schließlich waren er und Wiktor bereit, wenigstens den Direktor der Truppe, einen Italiener, als echt anzuerkennen (obwohl sich am Ende herausstellte, dass er ein ganz gewöhnlicher Rumäne war); er war nicht groß, aber korpulent und unerhört beweglich, hatte einen graziösen Gang, schnitt witzige Grimassen, fuchtelte mit den Händen herum, wenn er sprach, und bewegte die Füße wie ein Tänzer oder ein Opernsänger; nur mit Müh und Not waren sie bereit, an die Echtheit seiner fast zwei Meter großen Ehefrau zu glauben – ein Kraftweib, das vom Aussehen her eher an die Wäscherinnen des Ortes erinnerte –, zweifellos echt waren für sie hingegen drei Wesen: der ewig unter der Kälte leidende Mulatte, der gleich nach der Ankunft der Truppe auf dem Marktplatz Reklame für die Vorstellung machte, und die beiden Liliputanerinnen, von denen jede bestimmt nicht größer als fünfundneunzig Zentimeter war, Französinnen, Zwillingsschwestern, obwohl sie sich überhaupt nicht ähnlich sahen. Hatte nicht also damals diese ganze Verzauberung begonnen? Innerhalb dieser fünf, vielleicht zehn Minuten auf dem Marktplatz, als er sich an ebenjenem Nachmittag bei der Figur des heiligen Nepomuk hinsetzte, dort, wo gewöhnlich die Busse hielten? Als er auf die angekündigte Ankunft von Tante Barbara aus Przemyśl wartete?

Und gerade wurde das Straßenpflaster erneut von einem kurzen, aber heftigen Regen gewaschen. Als es aufhörte zu regnen, in der Luft ein Spinnennetz kalten Nebels zurückblieb und die Wolken allmählich verschwanden, tauchte mit Getöse auf der Straße, die von der Landstraße von Przemyśl herführte, statt eines Busses ein bunter Zirkuszug auf und fuhr auf den Marktplatz, wo er für die Vorstellung am nächsten Abend warb. Dieses Bild war seit jener Zeit dauerhaft und fest in seinem Gedächtnis gespeichert, aber immer in derselben Reihenfolge: ein weißes Pferd im Schritt, darauf ein Mann mit nacktem Oberkörper von milchkaffeebrauner Hautfarbe, das Gesicht etwas heller, aschfarben, mit afrikanischen Gesichtszügen; als wollte er sich aufwärmen, schlug er auf eine Trommel und sang in einer unverständlichen Sprache ein wildes Lied, dessen Worte klangen, als schlage Holz auf Holz, und die einem das Blut in den Adern gefrieren ließen. Ein anderer trug einen grünen Frack, hatte starkes Kraushaar, ein verlebtes Gesicht mit schwarzem Bartwuchs, der trotz gründlicher Rasur noch sichtbar war, unruhig umherwandernde Augen, mit denen er die sich versammelnden Schaulustigen beobachtete; er führte Hunde mit sich, die kleine, kurze Jäckchen trugen, von Zeit zu Zeit auf den Hinterbeinen hüpften oder Purzelbäume schlugen. Ihnen folgte ein Clown mit einer heiter-melancholischen Maske, einer großen Nase und großen, spitzen Ohren; an einem Seil zog er ein träge dahintrottendes Kamel, auf dessen Rücken zwei niedliche Wesen in Ballettkleidchen saßen – mädchenhaft und doch keine Mädchen –, Zirkusliliputanerinnen. Vielleicht hatte er sich also gerade da (obwohl keine die Augen in seine Richtung lenkte) in beide auf den ersten Blick unsterblich verliebt, nur dass noch etwas Zeit vergehen musste, bis er das auch begriff. Denn in jenem Augenblick spürte er nur, wie ihm etwas die Brust auseinandersprengte, fast bis zur Übelkeit, auch eine ermattende Schwäche im ganzen Körper. Er stand völlig benommen da und mit verschleiertem Blick, sodass er nicht einmal in der Lage war, die Aufschrift mit dem Namen des Zirkus zu entziffern, der auf der Seite des Wagens in merkwürdig stilisierten Buchstaben aufgemalt war und sowohl Sarassini als auch Sarrasani bedeuten konnte; dieser Wagen war am Ende des Zuges und wurde von zwei schwarzen Wallachen gezogen, die von einem auf dem Kutschbock sitzenden zweiten Clown gelenkt wurden, der auch eine Maske trug, aber keine heiter-melancholische wie der erste Clown, sondern eine unheimliche und tragische. Marek kam erst wieder zu sich, als auf der zum Marktplatz führenden Straße mit wildem Gehupe der Bus auftauchte, der sich höchstwahrscheinlich zuvor an den Zirkusleuten nicht hatte vorbeidrängen können, nun aber schnell vom Fleck kommen wollte und auf die Haltestelle zufuhr.

Da kletterte er, Marek, der die Aussteigenden beobachten und nach Tante Barbara Ausschau halten sollte, ganz aufgeregt auf das Podest, auf dem die Heiligenfigur stand, um besser den Zirkuszug sehen zu können, als dieser den Marktplatz umkreiste; er hätte also die Tante bestimmt nicht bemerkt, wenn sie gekommen wäre, aber sie war nicht gekommen. Wiktor, der von irgendwoher auftauchte, weil er für Marek die Tür des Busses im Auge gehabt hatte, versuchte, ihn von seinem Podest herunterzuziehen, und sagte, keinen Widerspruch duldend, dass die Tante bestimmt mit dem nächsten Bus kommen und vom Land das Schlachtfleisch mitbringen werde, »du weißt doch, dass der Koffer mit dem Zeug nach Hause geschafft werden muss«, und dass sie deshalb zu zweit auf die Tante warten müssten. Gerade die Banalität »mit dem Schlachtfleisch«, vor allem aber der Befehlston des Bruders wirkten auf ihn so, als habe ihn jemand brutal am Kragen gepackt und vom Himmel auf die Erde gestoßen. Zutiefst beleidigt, sprang er vom Podest herunter, und ohne mit dem Bruder darüber zu diskutieren, ob er nun noch eine Stunde auf dem Marktplatz warten werde oder nicht, begleitete er den Zug der Zirkusleute zum Dorfplatz hinter dem Schlachthof.

Tante Barbara kam freilich auch nicht mit dem nächsten Bus; aber bald hing Wiktor wieder wie eine Klette an Marek, nachdem er ihn, der um das von den Ankömmlingen aufgeschlagene Lager schlich, gefunden hatte; denn er wollte ihn unbedingt dazu bewegen, nach Hause zu gehen, und nun stritten sie sich tatsächlich kurz. Dann drehte sich Marek um, setzte sich auf einen Stapel Bänke, die bereits für das Publikum aus einem der Wagen ausgeladen worden waren, stützte das Kinn herausfordernd auf die Faust, ohne sich auch nur mit einem Wort an Wiktor zu wenden; der ältere Bruder blieb noch einen Augenblick stehen, bis er schließlich zu den aufgestellten Zelten ging.

Nun beobachtete er, Marek, wie zwei Burschen vom Zirkus – von denen jeder einen Ohrring trug – in Gymnastikhosen und gestreiften Hemden ohne Sattel auf den noch triefnassen Pferden vom Fluss zurückritten. Der Clown, den er mit seiner heiter-melancholischen Maske gesehen hatte und der nun ohne Maske war (er erkannte ihn an seiner bunten Pumphose), führte vier kleine Hunde von undefinierbarer Rasse – vielleicht waren es auch überhaupt keine Rassehunde – über die vom Vieh zertrampelte Grasfläche, damit sie dort ihre Notdurft verrichten konnten. Er sah den Mulatten, diesmal auf dem Fahrrad, wie er in Richtung Stadt fuhr. Auch die Frauen, die so dunkelhäutig waren, als habe die Sonne sie verbrannt; sie hängten auf den zwischen den Zirkuswagen gespannten Seilen die nasse Wäsche auf, die sicher beim letzten Halt unterwegs im Fluss gewaschen worden war. In einer fremden Sprache schrien sie den um sie herumtollenden kleinen Kindern, die auch dunkel oder sogar noch dunkler waren als ihre Mütter, etwas zu. Der korpulente Zirkusdirektor (aber vielleicht hatte er, Marek, zu dem Zeitpunkt noch gar nicht gewusst, dass das der Zirkusdirektor war) gab den Männern Kommandos; an Tauen, die zwischen zwei Masten gespannt waren, zogen sie die Zeltbahnen für das Besucherzelt hoch. »Hau ruck! Hau ruck ...!«, ertönte sein Kommando und gab damit den Rhythmus für das Hochziehen vor. Marek sah auch viele andere ungewöhnliche Dinge – es war schwer, sich an alle zu erinnern. Und verschiedene phantastische Gedanken spukten in seinem Kopf herum: Anstatt im Untergrundunterricht Latein, Brüche und Gleichungen mit einer oder zwei Unbekannten zu pauken und außerdem noch in die offizielle Pseudoschule für Polen zu gehen, sollte man zum Zirkus gehen, in der Zirkusmanage Reiten oder beispielsweise Seiltanz lernen, obwohl er wusste, dass der Seiltanz neben einem angeborenen Talent, das Gleichgewicht halten zu können, ein langes und schwieriges Training verlangte. (Aber warum sofort Seiltanz? Fürs Erste würde es reichen, sich mit den Tieren zu beschäftigen, Stallbursche zu werden oder etwas Ähnliches, sogar so einer, der die Käfige reinigt, wenn man nur mit der Zirkustruppe in der Welt herumziehen konnte.) Und noch andere Gedanken, die er verlegen wieder verscheuchte, gingen ihm durch den Kopf, Gedanken über die Liliputanerinnen und darüber, dass, falls er durch ein Wunder in den Kreis der Zirkuskünstler gelangen werde, er bestimmt nicht den Mut haben werde, sich den beiden ungewöhnlichen, durch die Natur so anders geschaffenen Wesen zu nähern. Aber trotz aller Zweifel gab er sich für einen Augenblick dieser Illusion hin. Doch sich ihr so ganz hinzugeben erlaubte ihm die Anwesenheit Wiktors nicht, denn der Bruder war anscheinend sauer, lungerte noch immer auf dem Dorfplatz herum und hatte nicht die Absicht, allein nach Hause zu gehen.

Der Wind hatte sich fast gelegt, aber fern am Horizont ballten sich schon wieder Wolken zusammen, und die Zirkusleute beeilten sich mit dem Aufbauen, um es noch vor dem Regen zu schaffen. Die Bauern des Ortes setzten sich auf die Balken der Umzäunung, die den Dorfplatz vom Schlachthaus trennte, und rauchten billige

Zigaretten; sie begafften das ihnen fremde Treiben der Ankömmlinge und machten abfällige Bemerkungen. Manchmal sprang einer von ihnen von seinem Balken herunter, ging zwischen den Wagen und Zelten durch, um einen Burschen davon abzuhalten, den an ein Wagenrad angebundenen Hund zu necken, oder um die zuvor noch nie gesehenen Tiere hinter der Zeltplane in Augenschein zu nehmen, was die Zirkusleute zwar nicht verboten, aber nicht unbedingt gern sahen. Plötzlich – immer noch in Ballettkleidchen – kamen die beiden Liliputanerinnen die Treppe eines der Wagen herunter und gingen auf den lauten Platz. An bunten Halsbändern trugen sie Holzkästchen, in denen sie die Eintrittskarten hatten, und bewegten sich inmitten der Schaulustigen, ermunterten sie, Karten für die Vorstellung am nächsten Tag zu kaufen. Eine Schar Kinder drängte sich zu ihnen vor (er, Marek, wäre auch gern näher gekommen, konnte aber seine Schüchternheit nicht überwinden), umringte sie als brüllender Haufen, betatschte sie, brach immer wieder in Gelächter aus, die beiden hingegen lächelten gezwungen, versuchten mit kaum verborgener Ungeduld sich gegen die Belästigung zu wehren und hielten nach Hilfe Ausschau. Als eine der beiden mit ihrer Kinderhand genau in seine Richtung winkte, wie ihm schien, spürte er, wie er schrecklich errötete und gleichzeitig in Panik geriet, dass sie zu ihm kommen und ihm eine Eintrittskarte anbieten könnte (er hatte jedoch nicht einen Groschen in der Tasche), und wollte schon davonlaufen. Als er aber sah, wie Wiktor und der Nachbarssohn Antek, genannt Stupsnase, den zudringlichen Haufen mit den Armen auseinandertrieben und den beiden Liliputanerinnen ihre Hilfe anboten, atmete er erleichtert auf. In dem Moment blieb, vom Laufen ganz außer Atem, seine Cousine Karola neben ihm stehen, zerrte ihn am Arm, sagte, dass sie ihn schon lange suche, und fragte, glühend vor Erregung: »Was meinst du … wenn so eine Zwergin (Zwergin, sagte sie, und er verzog das Gesicht aus Abneigung vor diesem Wort), wenn so eine Zwergin, also wenn die ein Kind kriegt …, ist dann später das Kind normal gewachsen, oder ist es automatisch so wie sie?« Worauf er erstaunt ausrief: »Wie kommst du darauf?« Aber Karola überschlug sich fast beim

Sprechen: »Weil ich mal bei Tante Weronika in den Ferien so eine Frau gesehen habe … Sie war normal groß, aber ihre erwachsene Tochter war nicht größer als einen Meter. Meinst du nicht, dass das auch umgekehrt passieren kann?« Sofort begann er darüber nachzudenken. Er stellte sich so ein schwangeres kleines Wesen vor und empfand Befremden. »Darüber habe ich noch nie nachgedacht, ich habe darüber auch noch nie etwas gelesen …« Worauf Karola: »Und ich meine, dass das davon abhängt, ob sie einen Mann hat, der auch so ein Zwerg ist wie sie, oder einen normalen Mann. Aber sag mal, heiratet ein normaler Mann überhaupt eine Zwergin?« Also versuchte er, sich auch das vorzustellen. Und plötzlich verwandelte sich sein Erstaunen in Entsetzen: »Was für Gedanken in deinem Kopf herumspuken! Du hast wohl nicht alle Tassen im Schrank!« »Und mit dir ist es überhaupt schwierig, vernünftig zu reden!«, fauchte ihn Karola beleidigt an und lief auf den Dorfplatz zu Wiktor, um ihm bestimmt sofort dieselbe bohrende Frage zu stellen.

Marek stand erschüttert da. Alle möglichen Bilder jagten ihm durch den Kopf, eines abscheulicher als das andere, bis ihm ganz heiß wurde. Nicht dass ihm seine Gedanken peinlich gewesen wären, aber die Bilder waren zu grässlich und zu grausam, und um sich von ihnen zu befreien, sprang er herunter von dem Bänkestapel, auf dem er gesessen hatte, ging seitwärts an den lärmenden, sich um die beiden Liliputanerinnen drängenden Burschen vorbei, auf das eine bereits aufgestellte Zelt zu und warf einen Blick durch die halb offenen Zelttüren. Und dann stand er im dunklen Zeltinneren, wie in einer lang gezogenen engen Höhle, erfüllt von einem warmen Geruch nach Haut, Fell, Urin, Heu, Stroh, feuchten Tierausdünstungen sowie Beiß-, Kau-, Knabber- und Schmatzgeräuschen. Im Halbdunkel hantierten zwei Jungen herum, die er zuvor, als sie auf den triefnassen Pferden vom Fluss zurückkehrten, schon einmal gesehen hatte; sie schütteten nun Futter in die Holztröge und schleppten Wasser in Eimern herum, und ihr Gespräch – eigentlich waren es nur Satzfetzen – war leise und in einer fremden Sprache. Marek fragte, ob er sich die Tiere in den Käfigen und Gehegen anschauen dürfe, wobei er bewusst deutsche Wörter wählte (denn ihm schien, dass in den nun herrschenden Zeiten Deutsch automatisch die Sprache der Verständigung zwischen Fremden sein müsse), aber er erhielt keine Antwort, nur irgendwelche Zeichen statt Worte, und erst als er mit dem Daumen auf seine Brust zeigte und bedeutungsvoll eine Kreisbewegung mit der Hand machte, wurde er wohl verstanden, denn der eine von ihnen nickte zustimmend. Er schaffte es aber gar nicht, sich in den Tiergehegen richtig umzuschauen und deren Bewohner zu begutachten, da die Zelttür sich erneut halb öffnete und eine der beiden Liliputanerinnen hereingelaufen kam.

Sie war ganz außer Atem, bestimmt musste sie vor der zudringlichen Kinderschar flüchten; indem sie die Hand gegen die Brust drückte, versuchte sie, ihren zu schnellen Atem zu beruhigen, sodass sie seine Verlegenheit nicht bemerkte. Und da er nicht sofort wusste, welche von beiden es war – diejenige, die sich auf dem Dorfplatz im Gedränge befunden und ihm zugewinkt hatte, oder die andere hinter ihr –, verliebte er sich noch heftiger in beide. Höchstens eine Sekunde quälte ihn die verblüffende Ähnlichkeit;

er bekam vor Aufregung einen Hustenanfall, sodass seine Augen fast aus den Augenhöhlen hervortraten, der Husten hörte aber sofort auf, sobald sie ihm (als sei er ein Junge und als würden sie sich schon lange kennen) ein-, zweimal kräftig mit der Faust auf den Rücken klopfte; lachend fragte sie auf Polnisch: »Was ist passiert? Haben Sie sich verschluckt?« – und dann holte sie noch einmal aus, lachte wieder mit ihrem karmesinroten herzförmigen Mund, obwohl ihre Augen ihn forschend und aufmerksam anblickten. Und ihm war klar, dass sie es gewesen sein musste, die ihm auf dem Dorfplatz zugewinkt hatte, und dass es jetzt höchste Zeit war, etwas zu sagen und sich vorzustellen; es vergingen aber einige Sekunden, und er brachte noch immer kein Wort heraus, sah sie nur an (am liebsten hätte er wieder einen Hustenanfall bekommen). Inzwischen waren die Stallburschen irgendwohin verschwunden (aber vielleicht waren sie gar nicht verschwunden, sondern bloß aus seinem Blickfeld und seinem Bewusstsein gerückt); in dem Zelt war es ganz still, nur die Geräusche der Tiere waren zu hören; sie betrachtete ihn nun etwas verwundert, zugleich jedoch auch verständnisvoll; in ihren Augen funkelte ein Zauber, von dem man in Büchern lesen kann und von dem man dann manchmal sogar träumt. Bis sie schließlich sehr charmant zu ihm sagte: »Eine so kleine Frau wie mich haben Sie bis jetzt noch nicht gesehen …, stimmt's?« Und sie sagte das mit einer Stimme, die ihm so melodisch erschien wie der Ton eines unbekannten Instruments, und es war keineswegs eine Kinderstimme. Kurz darauf stellte sie sich vor: »Ich bin Französin und heiße Simone«, und weil er immer noch kein Wort herausbrachte, fügte sie hinzu: »Sie reisen bestimmt nicht allzu viel? Denn wenn man so viel in der Welt herumkommt wie meine Schwester und ich, dann begegnet man solchen Personen wie uns.« Und erst da brach in ihm etwas auf, er gewann seine Stimme wieder und flunkerte: »Nun, ich habe solche Personen auch schon gesehen. Aber, ehrlich gesagt, selten …«, worauf sie stolz die Lippen ihres kleinen Mundes aufwarf und nachdrücklich, voller Ernst und auch Stolz, sagte: »Das stimmt, wir sind eine große Seltenheit. Obwohl wir Französinnen sind …« Wieder wusste er einen Augenblick lang nicht, was er ihr antworten sollte, und noch weniger, wie er das Gesagte verstehen sollte – ob es in Frankreich überhaupt mehr Liliputanerinnen gab als anderswo oder nur solche wie sie beide, so schön wie Karolas Zelluloidpuppen, die nun das Sofa in ihrem Zimmer schmückten, da sie nicht mehr mit ihnen spielte; er überlegte auch, warum Simone ihn siezte. Aber er gelangte sofort zu der Überzeugung, dass sie dies bestimmt deshalb tat, um den gebührenden Abstand zwischen ihnen zu betonen und damit er nicht dazu verleitet wurde, sie als Kind zu behandeln und sie ihrerseits zu duzen; dann stellte er lobend fest, dass sie für eine Französin erstaunlich gut Polnisch spreche, sogar ohne hörbaren ausländischen Akzent – er brachte seine Anerkennung lebhaft und lautstark zum Ausdruck –, worauf sie, als würde sie sich gleichsam zurückziehen, erstarrte, ihr Gesicht sich verdüsterte und sie sofort hastig erklärte, dass sie mit dem Zirkus schon oft in Polen gewesen sei (nicht nur mit dem Zirkus Sarassini, auch mit anderen, berühmteren!) und folglich hatte Polnisch lernen müssen. Da legte er schließlich seine Schüchternheit vollkommen ab, stellte sich vor und fügte sogleich hinzu, dass sie offensichtlich sprachbegabt sei, im Gegensatz zu ihm, er lerne zwar Latein und Englisch, aber es falle ihm schwer, ungeheuer schwer.

Die beiden unterhielten sich schon ganz ungezwungen über Reisen durch die Welt, über ihm dem Namen nach bekannte Zirkusse und deren Herkunft, sodass er vergaß, weshalb er eigentlich in das Tierzelt gekommen war, und bei ihm blitzte der Gedanke auf, dass er nichts dagegen hätte, wenn Wiktor nun auftauchte oder auch nur Karola – sollten sie ruhig hören, wie diese zwar kleine, aber doch immerhin erwachsene Französin ihn siezte –, da erst würde er es ihnen zeigen! Dann gestand er, dass der Krieg seine Reisen unterbrochen habe (er sagte das in einem Ton, als habe er die Zeit vor dem Krieg mit fast nichts anderem verbracht als mit Reisen, und er sei sicher, dass er, sobald der Krieg zu Ende sei, wieder auf Reisen gehen werde). Beinahe hätte er sich ein erneutes Flunkern nicht verkneifen können, er war drauf und dran, in allen Einzelheiten berauschende Bilder eines Reiseabenteuers vor ihr auszubreiten – dies hätte ihn allerdings später der Möglichkeit beraubt, sich ohne Blamage aus der Affäre ziehen zu können –, wenn er nicht bemerkt hätte, dass sie eher das Bedürfnis hatte, selbst zu reden als zuzuhören, und so schwieg er.

Sie sagte, sie sei Voltigeurin (unwillkürlich wippten dabei ein paar Mal ihre Hüften mit dem eng anliegenden raschelnden Faltenröckchen, das an das Röckchen einer Balletttänzerin erinnerte), und ihre Schwester Jacqueline natürlich auch, aber ihre Schwester balanciere außerdem noch mit einem Schirm auf dem Seil, sie nicht, denn sie sei nicht schwindelfrei, die gemeinsame Nummer mit der Schwester sei jedoch eine Vorführung auf Ponys oder Pferden, die durch die Manege jagen. Und sie fügte noch hinzu (wobei ihre kleinen Hände wie zwei Ausrufezeichen in die Höhe schnellten), wie viel Arbeit und Gefahr sich hinter einer solchen Nummer verbergen, wovon das Publikum zum Glück keine Ahnung habe; er hingegen erwiderte, dass er das wisse, denn er sei schon oft im Zirkus gewesen (natürlich vor dem Krieg, denn jetzt gebe es eher selten Gelegenheit dazu), aber dass Menschen von kleinerem Wuchs im Allgemeinen die Tiere besser im Griff hätten oder vielleicht – fügte er nach kurzem Überlegen hinzu – sich die Tiere den Menschen von kleinerem Wuchs leichter unterordneten. Er habe einmal einen Umzug und eine Vorführung mit Elefanten gesehen, die von kleinen Jungen geführt worden waren. Da fragte sie, wo er eine solche Nummer denn gesehen habe, und er erwiderte, in Bombay, und sie darauf: »Sie waren in Bombay? Ach, wie wunderbar!«, wobei sie in die Hände klatschte. »Vor dem Krieg natürlich«, fügte er hinzu (obwohl er diesen Umzug nur im Kino gesehen hatte), und sie: »Eine Vorführung mit Elefanten habe ich mal gesehen, als ein Zirkus aus Österreich nach Hlavički kam«, woraufhin er fragte, wo das denn sei, Hlavički, in das so ein Zirkus aus Österreich gekommen sei, da zog sie die Augenbrauen zusammen: »Habe ich etwas von Hlavički gesagt? Ach nein, ich kann mich nicht mehr erinnern, wo ich die Elefanten gesehen habe. Aber der Zirkus war aus Österreich, ganz bestimmt.« Und als ob es ihr plötzlich eingefallen sei, warum er in dieses Zelt gekommen war, schlug sie vor, ihm die Tiere zu zeigen, sie kamen jedoch nur vom Gehege der Zwergziegen bis zum Käfig mit den Schlangen (sie erklärte, dass dies indische Pythonschlangen seien), denn sofort sprach sie wieder von ihren verschiedenen mit ihrem Beruf als Zirkuskünstlerin verbundenen Reisen und dass sich die kleinwüchsigen Menschen, obwohl sie überall in der Welt verstreut lebten, dennoch fast alle kannten, zumindest vom Hörensagen, und sich manchmal sogar begegneten, und als sie merkte, wie er immer mutiger seine ganze Aufmerksamkeit auf sie richtete statt auf die exotischen Tiere, erklärte sie, dass es unter den kleinwüchsigen Menschen größere und kleinere gebe, sie gehöre zu den mittelgroßen. Dann sprach sie über ihren Körperbau, dass sie vollkommen normal sei, nichts an ihr fehle, dass sie alles habe, sogar mehr, denn sie habe Talent, und ihre schwarzen Augen strahlten vor Stolz und Ergriffenheit, sodass er, Marek, nun sicher war: Von den beiden Liliputanerschwestern hatte er sich mehr in diese hier verliebt. Aber die Bedeutung dieser Feststellung lähmte ihn erneut, es verschlug ihm für Sekunden die Sprache, und vielleicht hätte er wieder aufgeregt angefangen zu husten; doch anstatt ihm wieder mit ihrer kleinen Faust auf den Rücken zu klopfen, hätte sie bemerkt, dass er sich erkältet hatte, und sie hätte etwas über das wechselhafte Wetter gesagt, dass der Herbst im Anzug sei. Aber nichts dergleichen geschah, denn er hörte von draußen das eindringliche Rufen Wiktors, also sagte er, dass sein Bruder ihn suche, worauf sie sich wunderte, dass er einen Bruder habe, und er sich wiederum wunderte, dass sie sich wunderte, denn jeder könne doch einen Bruder haben, und sie erwiderte, wobei sie ihm tief in die Augen blickte, dass er nach einem Einzelkind aussehe; er war jedoch schon im Begriff, sich zu verabschieden, und sagte, es tue ihm sehr leid, dass er jetzt gehen müsse. Sie streckte ihm daraufhin die Hand entgegen und sagte, es sei eine sehr interessante Begegnung gewesen, und er nahm diese Hand vorsichtig in die seine und führte sie zum Mund, denn es war ihm in jedem Augenblick bewusst, dass sie, obwohl sie so klein war wie ein Kind, dennoch eine erwachsene Frau war. Und indem er auf die Zelttür zuging, sah er, dass sie die rechte Hand immer noch hochhielt und erstaunt betrachtete.

Zu Hause beim Abendessen war die Ankunft des Zirkus in ihrem Städtchen nur für einen kurzen Augenblick Gesprächsthema, denn dann wurde über Tante Barbara gesprochen, dass sie mit dem vorletzten Bus hätte kommen sollen, aber weder mit diesem noch mit dem letzten gekommen sei, und was das zu bedeuten habe. Die Großmutter und seine Mutter waren ernsthaft besorgt, aber es hatte doch niemand von denjenigen, die mit diesen Bussen gekommen waren, gesagt, dass eine Razzia stattgefunden habe – und beide waren sie in der Stadt gewesen und hatten sich erkundigt –, sie versuchten also, sich gegenseitig zu beruhigen. Nur Wiktor gab die Sache nicht verloren, indem er erklärte, dass, falls Tante Barbara morgen nicht auftauchen und es von ihr nicht wenigstens eine kurze Nachricht geben werde, er zu dem Bauern in dem Dorf bei Przemyśl fahren werde. Die Großmutter und seine Mutter nahmen diese Entscheidung mit Erleichterung auf, und die Großmutter schlug vor, dass, falls Wiktor tatsächlich dorthin fahren werde, er dann vielleicht auch den Kleinen (von ihm, Marek, war die Rede) mitnehmen könne, denn mit dem Kleinen werde er der

Feldgendarmerie, die manchmal den Bus anhielt, weniger auffallen, worauf er, Marek, erwiderte, dass er nirgendwohin fahren werde, dass das unnötige Panikmache sei, dass die Tante morgen nach Hause zurückkommen werde, und sofort war diese Angelegenheit vom Tisch, aber der »Kleine« war noch eine Weile beleidigt.

Bedrückt und gereizt saß er da, hätte gerne über das Ereignis des Tages, den Zirkus, gesprochen, aber niemand ließ ihn zu Wort kommen. Er wandte sich an Karola. Doch diese hatte kein Erbarmen mit ihm, schenkte seinem Versuch, sie in ein Gespräch über die Zirkusleute zu verwickeln, keinerlei Beachtung, nicht einmal, als er das Thema auf die beiden Liliputanerinnen bringen wollte; schließlich war er sogar bereit, ihre Überlegungen, ob es möglich sei, dass ein von einer Liliputanerin geborenes Kind später mal bedeutend größer werden könne als diese, nicht völlig zu verwerfen, indem er vorschlug, diese Überlegungen mithilfe der Mendel'schen Vererbungslehre zu prüfen, aber Karola hörte ihm gar nicht zu, und für seine Erwähnung der Mendel'schen Vererbungslehre erntete er von ihr nur einen verächtlichen Blick; dann war sie sofort wieder wie nicht anwesend, und kurz darauf, nachdem sie dankend auf den Nachtisch – Buchweizengrütze mit reichlich Kirschsaft darüber – verzichtet hatte, vertiefte sie sich im Zimmer nebenan in die Lektüre eines Buches, das weder Wiktor noch er, Marek, um nichts in der Welt angerührt hätten.

Der Abend war kühl, der Wind rüttelte an den Fensterläden, und als er noch einmal aus dem Haus und auf den Hinterhof ging – wo sich der Holzschuppen, die Waschküche und der Koben befanden –, um den Kaninchen Grünfutter hinzuwerfen, geriet er in eine Wolke ungleichmäßig durch den Wind in der Luft verteilter Regentropfen – fast wie in ein Schmetterlingsnetz. Antek, der Nachbarssohn, der von den Jungen Stupsnase genannt wurde und zwei Jahre älter, aber deshalb nicht hochnäsig war, wenigstens nicht ihm, Marek, gegenüber, fütterte in dem angrenzenden Schuppen auch seine Kaninchen; als er ihn mit der Petroleumlampe kommen sah, sprang er über den Zaun, der die beiden Grundstücke voneinander trennte, und prahlte damit, dass er unter den Tieren, die die Zirkusleute mitgebracht hatten, einen Löwen gesehen habe. »Einen Löwen!? Was du nicht sagst!«, wunderte sich Marek. »Ich habe keinen gesehen, obwohl ich in eines der Zelte geschaut habe. Aber das ist ja überhaupt nicht dieser in ganz Europa berühmte Zirkus Sarrasani, der vor dem Krieg ein paar Mal in unserem Land auf Tournee war. Das ist irgend so eine zusammengewürfelte Truppe, die sich einen fast gleichlautenden Namen zugelegt hat«, sagte er und war selbst über seine Worte etwas erschrocken, denn dieser Zustand der Begeisterung und Erregung, der ihn am Nachmittag erfasst hatte, als er die Zirkusleute ihr Lager auf dem Dorfplatz aufschlagen sah, und dann, als er die Liliputanerin Simone kennenlernte, hielt nach wie vor an, rief immer noch ein Schwindelgefühl hervor – wozu also dieser Trotz, wozu diese Gehässigkeit!

»Was sagst du, was sagst du, der Zirkus hat sich einen fast gleichlautenden Namen zugelegt?!«, äffte Antek ihn nach, sichtlich erregt, dass jemand versucht hatte, seine Entdeckung eines exotischen Raubtiers in dem hier eingetroffenen Zirkus abzuwerten. »Nun, ich bin halt nicht so ein Mann von Welt wie du! Von irgend so einem Zirkus Sarrasani habe ich noch nicht einmal gehört, der hier reicht mir völlig. Und wenn dir etwas gegen den Strich geht, dann sag es lieber gleich!«, aber da er die Herausforderung nicht annahm, verzog sich Antek schmollend, er, Marek, hingegen glühte vor Scham, und obwohl er ihn gerne zurückgerufen hätte, verkniff er es sich, wusste nicht, wie er sich hätte rechtfertigen können, im Übrigen hatte Antek die Wahrheit gesagt, etwas ging ihm, Marek, gegen den Strich, er wusste nur nicht so recht, was.

Im strömenden Regen kehrte er nach Hause zurück; in der Diele entledigte er sich schnell seines nassen Mantels, zog die Schuhe aus, schlüpfte in die Pantoffeln und wollte in sein Zimmer laufen, aber da kam seine Mutter und fasste ihn um die Schultern, forderte ihn auf, sich mit dem Handtuch das Haar zu trocknen. »Du hast ja klatschnasses Haar!«, und als er sich unwillig losriss, fügte sie hinzu, er solle auf die Großmutter nicht böse sein. »Für das mit dem *Kleinen*«, sagte sie diplomatisch. »Für sie bleibst du eben immer der Kleine«, worauf in ihm sofort aller Unmut dahinschmolz (denn sie hatte es bemerkt, sie war wunderbar!), aber das dauerte nur einen Augenblick, sofort kehrte die Traurigkeit zurück (war doch gar nicht die Großmutter der Grund für seine merkwürdigen Stimmungsschwankungen); in seinem Zimmer, das er mit Wiktor teilte, warf er sich, ohne das Licht einzuschalten, auf das Sofa und dachte voller Verdruss, dass er sich selbst immer häufiger mit irgendwelchen unbegreiflichen Worten oder Reaktionen überraschte und dass seine Gedanken öfter schlecht als gut waren, als steche ihn aus dieser bunten Glaskugel – die ihm bis jetzt dazu gedient hatte, ferne phantastische Welten zu finden, und die unlängst zerbrochen war – ein kleiner, aber scharfer Splitter ins Auge oder ins Herz. Er dachte auch an Tante Barbara, aber ohne beunruhigt zu sein, was er eigentlich hätte sein müssen, nachdem er gehört hatte, dass die Tante verschiedene – wie Wiktor sich ausdrückte – »Sachen von der Schwarzschlachtung« bringen sollte, und er wusste, was die deutsche Feldgendarmerie manchmal mit denen anstellte, die sie mit Lebensmitteln im Koffer erwischte.

Er beobachtete an der Decke die vom Wasser in Wiktors Aquarium reflektierten zitternden Lichtflecke, wie sie hintereinander herliefen, wie sie im Schatten an einer Stelle der Decke verschwanden, um an einer anderen wieder aufzutauchen und erneut ihre Tanzbewegungen aufzunehmen; zugleich hatte er auch die Pferde vor Augen, die graziös die Manege umrundeten, die majestätischen Bewegungen ihrer Köpfe, die sie in die Höhe warfen oder nach vorn fallen ließen – wie sie ihre Hälse streckten, wie sie ihre gestriegelten Mähnen schüttelten –, ihre gleichmäßigen einstudierten, wenn auch natürlichen Beinbewegungen. Er sah die beiden Liliputanerinnen, so wie er sie am Nachmittag beim Zirkusumzug über den Markplatz gesehen hatte, auf dem Kamel, wie sie gegrüßt und den Passanten Kusshände zugeworfen hatten, nun zeigten sie erstaunliche Kunststücke auf den Rücken der galoppierenden Pferde, und wieder war er voller Zweifel, zu welcher von beiden er sich mehr hingezogen fühlte.

Aber je länger er sie mit dem verzauberten Blick seiner Phantasie in der Manege begleitete und dann in verschiedenen Zirkusnummern erlebte, die er kannte, da er sie einmal in einem großen, einem »richtigen« Zirkus oder im Kino gesehen hatte, desto mehr verblasste das Bild, verschwamm, verlor an Kontur, bis wieder nur die hellen Lichtflecke da waren, die über die Zimmerdecke huschten und die Bewegung des beleuchteten Wassers in Wiktors Aquarium abbildeten. Und die kurz beiseitegeschobene Traurigkeit, die gleichsam am Rande des Bewusstseins lauerte, erfasste ihn wieder und erdrückte ihn mit ihrem schweren Gewicht. Da kam Wiktor ins Zimmer und sagte: »Ich verwette meinen Kopf, dass sie vor allem deshalb gefahren ist, um Untergrundblätter zu besorgen.«

»Wer? Tante Barbara?« Mareks Frage war völlig überflüssig, denn er wusste ja, wer. »Na klar, von ihr rede ich. Keine Blutwurst, keine Pastete«, sagte Wiktor. »Das mit dem Schlachtfleisch, das war doch nur ein Vorwand, eine Ausrede, um Großmama zu beruhigen«, worauf er, Marek, nach kurzer Überlegung sagte: »Da kann was dran sein«, und so wurde er aus der Welt der Schwärmereien und der Träume von Wiktor abrupt auf die Erde zurückgeholt, und dass es dabei um Tante Barbara ging, krampfte ihm für ein paar Sekunden das Herz zusammen.

Aber er wehrte sich noch dagegen, wollte es noch nicht wahrhaben, versuchte stattdessen Wiktor mit seiner Leidenschaft anzustecken und sagte: »Weißt du, ich war in einem der Tierzelte. Habe gesehen…« »Na und?«, hörte er seinen Bruder brummeln. »Habe gesehen …« (Was hatte er denn gesehen?, ging es ihm blitzartig durch den Kopf, eigentlich hatte er nichts gesehen.) »Ich habe einen Löwen gesehen«, schwindelte er. »Ach was… dummes Zeug! X-mal hast du vor dem Krieg Löwen im Lemberger Tierpark gesehen. Das hier ist doch ein Zirkus für ein kleines Kaff. Nichts Richtiges«, erwiderte der Bruder, obwohl man aus seinem Ton kaum Überheblichkeit heraushören konnte, man sah nur, dass er mit seinen Gedanken ganz woanders war. Und Marek empört: »Was sagst du, was sagst du …«, denn ihm fielen plötzlich die Worte von Antek aus dem Nachbarhaus ein, und er sagte traurig: »Ich bin halt nicht so ein Mann von Welt wie du. Dieser Zirkus hier reicht mir völlig. Der ist gut, hörst du?«, und Wiktor: »Ich höre, ich höre.

Der ist gut. Meinetwegen, aber mach mich nicht verrückt.« Und er wollte von dem Zirkus nichts mehr hören.

Am nächsten Morgen fuhr Wiktor schon sehr früh mit dem Bus ab, und Marek ging allein zum Untergrundunterricht, der im Nachbarhaus stattfand, wo man sich diskret jeden zweiten, dritten Tag in Altersgruppen traf und wo auch seine Mama unterrichtete. Am Nachmittag war er dann sehr zufrieden, denn in Karola hatte er eine hervorragende Geprächspartnerin, mit ihr konnte er Überlegungen anstellen, die das ihn nun so brennend interessierende Thema, nämlich den Zirkus, betrafen; mit ihr konnte er über die Kunststücke unter der Zirkuskuppel des größten Zeltes und auf dem Dorfplatz reden – wovon einige ihrer Altersgenossen berichtet hatten, denen es gelungen war, durch einen Spalt einen Blick ins Zelt zu werfen – und natürlich über die Liliputanerinnen. Karola war auch von diesem Thema fasziniert, wenngleich nicht mehr so wie am Tag zuvor (sie erklärte ihm, dass irgendein Fehler im Gehirn das Wachstum behindere; sie hatte sich also bei Wiktor oder der Großmutter informiert).

Diesmal ging es um die Nachteile, ein Liliputaner zu sein; plötzlich sagte sie »Liliputaner«, nicht mehr »Zwerg«, und nun war ein Gespräch mit ihr möglich. »Sag mal, was kann so eine Liliputanerin oder ein Liliputaner werden? Hast du schon mal von einem Liliputaner gehört, der irgendwo anders beschäftigt ist außer in einem Zirkus? Hast du darüber etwas gelesen?« (und da er schon aus dem gestrigen Gespräch mit Karola auf dem Dorfplatz wusste, dass ein normaler Mann so eine Liliputanerin nicht heiratet, schwieg er also), und sie fuhr fort: »Das ist doch ein Unglück! In einem Cowboyfilm vor dem Krieg habe ich einen Liliputaner gesehen, der von Banditen als Maskottchen gehalten wurde«, woraufhin Marek nur schwach widersprach: »Ich habe nicht bemerkt, dass sie unglücklich sind«, und er musste an den Stolz in Simones Augen denken, als sie erwähnt hatte, wie wenige Liliputaner es auf der Welt gebe, und Karola erwiderte, was könne er denn schon über deren wirkliche Gefühle wissen, da er sie doch nur so kurz gesehen habe, und er sagte dann, dass er eine von beiden persönlich kennengelernt habe, sie heiße Simone, er habe sich längere Zeit mit ihr unterhalten, und Karola darauf, dass er sicher angebe, im Übrigen, selbst wenn er mit ihr gesprochen habe, na und, er begreife trotzdem nichts von dem, was ihm ein von Geburt an durch die Natur benachteiligtes Wesen erzähle; sie, Simone, sei bestimmt daran gewöhnt, könne sich nicht einmal einen anderen Körper vorstellen. »Ein schreckliches Unglück!«, sagte Karola nach einer Weile gerührt, und obwohl er nicht überzeugt war, erfasste ihn ein starkes Gefühl des Mitleids. Je näher dann der Abend und die Vorstellung rückten, für die sie schon am Vortag Karten gekauft hatten, desto stärker wurde in ihm dieses Gefühl; als aber direkt vor der Vorstellung (sie gingen mit einer großen Gruppe von Gleichaltrigen aus der Nachbarschaft zum Dorfplatz) Karola sich ihm zuwandte und ihm mit leichter Ironie ins Ohr flüsterte: »Und du? Möchtest du vielleicht ein Liliputaner sein?«, da packte ihn auch noch ein Gefühl des Entsetzens, und Karola, die dies anscheinend seinem Schweigen entnahm, wandte sich ihm erneut zu und flüsterte: »Na siehst du. Spiel also nicht den Neunmalklugen.«

Aber sofort, nachdem sie das größte Zelt betreten hatten, war alles ganz anders. Denn dort rund um die mit sauberem gelbem Sand ausgestreute Manege verliefen, wie in einem Amphitheater, drei Bankreihen (die erste Reihe sogar mit Rückenlehnen), auf dem Podium über dem Eingang fing gerade ein Leierkasten an, eine fröhliche Melodie zu spielen; am Eingang begrüßte der Zirkusdirektor im Reitanzug die Besucher, unter denen die Einwohner des Städtchens überwogen, es waren aber auch Bauern mit ihren Familien aus den umliegenden Dörfern gekommen; doch auch die Jugendlichen wurden von ihm aufs Herzlichste begrüßt; die Zirkusburschen, die Marek am Vortag im Zelt beim Tierefüttern gesehen hatte, waren nun im eng anliegenden Trikot und wiesen den Besuchern die Plätze an. Durch die vielen Lichter war es hell und warm, der Sand verströmte einen Geruch, als käme er vom Grund eines Flusses, und es roch noch nach etwas, das bestimmt der typische Zirkusgeruch war, nach dem Fell der Tiere, den Zeltbahnen, den Hanfseilen und von unter den Zuschauerbänken her wie nach einer von der Sonne erhitzten Kräutermischung; als Marek sich aber bückte und unter die Bänke schaute, sah er nur Stroh, sicher als Streu für die Tiere bestimmt. Sofort spielte der Leierkasten dort oben lauter, und im Scheinwerferlicht erschien ein Clown, warf einen Ball in die Luft, dann zwei, dann vier, dann sechs; Hündchen in winzigen Fracks verscheuchten ihn, alles war urkomisch, und die Vorstellung begann. Von oben wurden Netze heruntergelassen, die die Manege vom Publikum trennten; durch einen Käfigtunnel stürzte ein Löwe in die Manege, der Dompteur berührte ihn mit einem Rohrstock, und der Löwe sprang durch einen brennenden Reifen, lief um die Manege herum, sprang von einem Podest aufs andere, erlaubte dem Dompteur, den Kopf in sein offenes Maul zu stecken, und vollführte noch andere beeindruckende Kunststücke. Dann wurden die Netze an Seilen wieder in die Höhe gezogen, zwei Clowns betraten die Manege. Daraufhin führten junge Männer verschiedene Kunststücke am Trapez vor (einer der Trapezkünstler war der Clown von vorhin, der die Vorstellung eröffnet hatte), nach den Trapezkünstlern kamen zwei

Akrobaten, dann ein Jongleur, das war bestimmt wieder derselbe Clown, aber in einem anderen Kostüm; dann führte der Zirkusdirektor in seinem Reitanzug, in dem er die Besucher begrüßt hatte, zwei gesattelte Pferde herein, gab ihnen mit einem Peitschenhieb das Zeichen, die Manege zu umrunden. Kurz darauf kamen die beiden Liliputanerinnen herein, schwangen sich auf die Pferde, die sofort ihren Trab in der Manege beschleunigten, und es begann eine Darbietung, etwas in der Art eines Tanzes oder akrobatischer Übungen, und er, Marek, war wie gelähmt, nicht nur vor Begeisterung, sondern auch vor Angst, dass eine von beiden vom Pferd fallen könnte, und er wusste nicht, um wen er mehr Angst hatte, um Simone oder um Jacqueline, denn schon jetzt konnte er die beiden unterscheiden. Aber da war die Nummer bereits zu Ende, und sie tauschten mit einem graziösen Sprung die Pferde; dann, als der Zirkusdirektor mit einem Peitschenknall die Pferde mittendrin zum Stehen brachte und ihnen befahl, sich auf die Hinterbeine zu stellen, rutschten die beiden geschickt über Rücken und Schweif ihrer Pferde hinunter, landeten im Sand der Manege und verbeugten sich vor dem Publikum. Es gab viel begeisterten Beifall und Zurufe, und er, Marek, klatschte am längsten, bis sich Karola wunderte und zu ihm sagte, dass sie, obwohl diese Nummer phantastisch gewesen sei, doch die Löwennummer vorziehe. Dann war der Mulatte in seiner Funktion als Zauberkünstler an der Reihe, dann die Ringkämpfer und wieder die beiden Clowns, dann die Nummer mit den Hunden in den drolligen Anzügen und die Nummer mit einem etwas schwerfälligen Bären, der verschiedene tanzartige Bewegungen machte; in dieser Nummer kamen die beiden Clowns nun zum dritten oder vierten Mal dran.

Auf dem Nachhauseweg überschrien sich alle gegenseitig weiterhin voller Begeisterung; Antek, genannt Stupsnase, triumphierte, denn ihm fielen Mareks kritische Bemerkungen vom Vortag ein. Karolas Urteil war ausgewogener, aber auch sie gab zu, dass für so einen kleinen, unbekannten Zirkus die Artisten eine hervorragende Darbietung gegeben hätten, und alle rätselten, warum bei der Vorstellung einige der Tiere gefehlt hatten, die sie doch auf dem Dorfplatz oder in den

Käfigen in den Zelten gesehen hatten, also das Kamel, die Ponys, die Zwergziegen und einige mehr, die Pythonschlange beispielsweise, aber sie gelangten zu der Überzeugung, dass diese Tiere offensichtlich für die nächste Vorstellung vorgesehen waren. »Man kann doch nicht alles auf einmal zeigen, wer würde denn dann noch ein zweites Mal in den Zirkus gehen?«, sagte Antek. Marek und Karola stimmten ihm zu. Während des verspäteten Abendessens, bei dem ihnen nur die Großmutter Gesellschaft leistete, die sich Karolas eingehenden Bericht anhörte, vertiefte sich Marek über seinem Becher heißer Milch in seine Träume, wobei er sich wieder inmitten der Zirkusleute als einer von ihnen sah.

Am nächsten Tag konnte er sich kaum zurückhalten, nicht schon am Vormittag auf den Dorfplatz hinter dem Schlachthaus zu laufen, nur die Tatsache, dass ausgerechnet seine Mama den Untergrundunterricht leitete, hielt ihn davon ab, denn er hätte sein Fehlen nicht erklären können. Er lief aber sofort nach dem Mittagessen dorthin, schlich sich ganz nah heran, versteckte sich hinter einem Stapel Holz, wo ihn Antek erwischte, der versuchte, sich ein wenig über ihn, Marek, lustig zu machen, aber auch Antek hatte die Neugier herbeigelockt, und das machte sie für einen Augenblick zu Verbündeten. Antek musste dann schnell gehen, versuchte, ihn zu überreden, mit ihm zu kommen, denn er wusste, bei wem man unterwegs vorbeischauen musste, um die zum Tausch infrage kommenden Kaninchen aus dem Wurf dieses Sommers zu begutachten. Marek lehnte jedoch ab, sagte, dass er noch bleiben werde, und nach einer Weile zwängte er sich zwischen den Zelten hindurch, tat so, als interessierten ihn die Hunde, mit denen ein Junge, nicht viel älter als er, trainierte. Kurz darauf gelang es ihm, eine der beiden Liliputanerinnen zu sehen, als sie über den Dorfplatz kam; er grüßte ein paar Mal, und erst als er ihren etwas erstaunten Blick bemerkte, wurde ihm klar, dass das die andere war, Jacqueline, die er nicht persönlich kennengelernt hatte. Dann sah er aber auch Simone. Als er sie grüßte, kam sie auf ihn zu – sie hatte ihn also nicht vergessen – und fragte, ob er zur Abendvorstellung kommen werde, natürlich, erwiderte er, und sie sagte, dass ihre Schwester Jacqueline eine Glanznummer zeigen werde, einen Balanceakt auf dem Seil, und er, dass das außerordentlich interessant sei, er aber beide auf den Pferden vorziehe, und sie sagte, dass die Pferdenummer tatsächlich ihre, Simones, Spezialität sei, die Ponynummer jedoch noch mehr; in zwei, drei Tagen sei dann auch die Ponynummer dran, und sie rechne damit, dass er auch dann in ihrem großen Zelt erscheinen werde, was er bejahte, und als sie ihm dankbar in die Augen blickte, wurde ihm ganz flau im Magen, denn er spürte, dass dieser kleinen Frau wirklich etwas daran lag, dass er sie in ihrer Spezialnummer sah. Wieder gab sie ihm zum Abschied die Hand, und wieder küsste er diese Hand. Aber leider gelang es ihm nicht, am nächsten Abend zu der Vorstellung zu kommen. Zu Hause war nämlich ein großes Durcheinander. Wiktor war mit dem vorletzten Bus zurückgekehrt und hatte verkündet, dass er Tante Barbara nicht gefunden habe, bei diesem Bauern auf dem Dorf sei die Tante überhaupt nicht aufgetaucht, niemand habe sie gesehen; es wurde also bis spät in die Nacht hinein im Familienrat heiß diskutiert, was zu tun sei. Wiktor sagte, er werde sich am nächsten Tag nach Przemyśl aufmachen, um vielleicht bei Tante Weronika etwas in Erfahrung zu bringen; und dann war es bereits zu spät, nicht nur für die Vorstellung, sondern um überhaupt noch irgendwohin zu gehen.

Am nächsten Tag verließ Marek verzweifelt die vorletzte Unterrichtsstunde und war genau zur Mittagszeit auf dem Dorfplatz; dort schloss er Bekanntschaft mit einem der Stallburschen (sie redeten zwar mit Händen und Füßen miteinander, konnten sich aber dennoch gut verständigen), dann mit der Liliputanerin Jacqueline. Sie war etwas erstaunt – genau wie neulich, als er sie von Weitem gegrüßt hatte, da er sie mit Simone verwechselt hatte –, denn sie hielt ihn zunächst für einen der sich auf dem Dorfplatz herumtreibenden Halbwüchsigen; als er aber begeistert ihren Auftritt als Voltigeurin in der Pferdenummer lobte, heiterte sich ihre Miene auf, und sie wurde gesprächiger, obwohl sie nicht so gut Polnisch sprach wie ihre Schwester. Dennoch empfand er, was seine Gefühle für Simone betraf, einen kurzen Augenblick so etwas wie Chaos und Unsicherheit, als jedoch Simone dann auch vor dem Zelt auftauchte, hatte er keinerlei Zweifel mehr: Er hatte sich in beide verliebt, aber in Simone doch noch etwas mehr.

Simone nahm ihn mit in das andere Zelt, in dem die Tiere untergebracht waren, um ihm voller Stolz ihre beiden Shetlandponys zu zeigen, wobei sie sagte, dass sie sie persönlich aufgezogen, gefüttert und dressiert habe. Im nächsten Abendprogramm werde sie zusammen mit ihren Lieblingen auftreten, und ihre Schwester werde mit einem Schirm in der Hand eine Nummer auf dem Drahtseil vorführen. Er versprach hoch und heilig, zu der Vorstellung zu kommen, aber am Abend zeigte sich, dass wieder nichts daraus wurde, denn Wiktor kam zurück; er war bei Tante Weronika gewesen, Tante Barbara hatte er nicht bei ihr gefunden, im Übrigen – wie er meinte –, weshalb hätte er sie dort finden sollen, da sie doch aufs Land gefahren sei, um bei einem Bauern ein paar Lebensmittel zu organisieren, bei diesem Bauern sei sie allerdings nicht angekommen, es habe aber auf ihrer Reiseroute keine Razzien gegeben, das hieß also, dass sie dort überhaupt nicht hingefahren sein konnte. Wiktor wollte am nächsten Tag nach Lemberg fahren, um von den Bekannten etwas in Erfahrung zu bringen, was natürlich viel schwieriger sein werde als die Reise nach Przemyśl; auf diese Weise ging der Abend mit Familiendebatten dahin, in denen freilich in erster Linie Wiktors Meinung zählte, denn Wiktor wurde von der Großmutter, der Mama und Karola fast schon als Familienoberhaupt behandelt, dennoch wurde seine, Mareks, Meinung nicht völlig ignoriert, von zu Hause losreißen konnte er sich nun aber nicht, und so war er bei der Zirkusvorstellung nicht da, sah also auch Simones Auftritt nicht. Danach hatte er ein schlechtes Gewissen wegen der großen Enttäuschung, die er ihr bereitet hatte, empfand es als ungehörig und taktlos, träumte schlecht in der Nacht, erwachte in der Früh mit denselben Gedanken, mit denen er eingeschlafen war, und täuschte schon am Morgen Kopfschmerzen vor, um nicht in den Unterricht zu müssen, und Karola flüsterte er zu, er habe sich mit den Kameraden verabredet, um bei einem von ihnen die jungen Kaninchen zu begutachten, vielleicht werde es ihm ja gelingen, einige von seinen günstig gegen andere, von einer anderen Rasse, einzutauschen, und Karola versprach, seinen Abstecher »zu decken«. Also war er recht früh auf dem Dorfplatz hinter dem Schlachthaus, wo er sich ein Plätzchen nicht allzu nah bei den Zirkuszelten und Wagen suchte (denn er wollte kein Eindringling sein), doch von dem Balken des Viehgatters aus, auf dem er saß, konnte er den Platz zwischen den Zelten, wo die Zirkuskinder mit den Hunden spielten, gut überblicken, und er sah sogar vor einem der Zirkuswagen die beiden Athleten, die er schon während der ersten Vorstellung gesehen hatte, und eine Athletin, die Frau des Zirkusdirektors, die er nur einmal nach der Ankunft des Zirkus in der Stadt, während der Straßenparade, gesehen hatte.

Es war heiter und warm, als seien Regen, kühle Abende und Morgen, nächtliche Abkühlung, sogar Raureif, all diese Anzeichen für den Wechsel der Jahreszeit, irgendwie verschwunden, als habe der wärmere Teil des Herbstes beschlossen, noch einmal zurückzukehren, als wolle er dem kühleren nicht weichen, und als sei erst jetzt die richtige Zeit für den Spätsommer gekommen. Marek saß auf dem Balken, die Sonne wärmte ihm den

Rücken, in der Luft lag der typische Zirkusgeruch, gemischt mit Holzgeruch von dem vor einem der Zirkuswagen brennenden Feuerchen, worauf in einem kleinen Kessel ein Essen köchelte; und diesmal gab er sich nicht seinen Träumen hin, sondern schenkte seine ganze Aufmerksamkeit dieser Probevorstellung. Denn es gab tatsächlich etwas zu sehen. Das Riesenweib (schon als er sie vor einigen Tagen während des Umzugs auf dem Marktplatz gesehen hatte, hatte er ihre Größe auf fast zwei Meter geschätzt, vielleicht auch mehr) setzte sich die beiden Männer – ebenfalls ausgewachsene Athleten – auf die Schultern, dann ließ sie den einen Athleten an dem anderen, der aufrecht auf ihren Schultern stand, hochklettern, sodass sie zusammen so etwas wie eine lebendige Säule bildeten, und wirbelte schließlich die beiden in der Luft herum. Als sei deren Gewicht gleich Null, packte sie jeden am Gürtel und vollführte noch verschiedene andere Kunststücke mit ihnen, stellte damit ihre unglaubliche Kraft unter Beweis, und er, Marek, überlegte, wie viel Anstrengung und Willensstärke es erforderte, sich in Form zu halten, um dieses tägliche Training für das nur wenige Minuten dauernde Programm durchzustehen. Er sah also nicht sofort, dass aus einem der beiden kleineren Zelte Simone herauskam; hinter ihr trotteten zwei Shetlandponys her – wie zwei zahme Hündchen hinter ihrer Herrin –, und die drei gingen in Richtung Fluss. Er wusste, dass sie es war, denn sie hatte ihm doch von ihren Lieblingen erzählt.

Er rutschte also blitzschnell von seinem Balken herunter, lief um das Viehgatter herum, dann über die Wiese, und erst beim Fluss holte er sie ein; zunächst entschuldigte er sich, nicht bei der Vorstellung gewesen zu sein. Sie wirkte ein wenig gekränkt, vermutete aber, dass er vielleicht kein Geld für die Eintrittskarte hatte; sie sagte daher, sie werde versuchen, ihn umsonst hineinzulassen, er aber erwiderte, dass das nicht der Grund gewesen sei, und erklärte, welche schrecklichen Sorgen seine Familie habe, dass es am Abend schwierig für ihn gewesen sei, wegzugehen, und um das, was er sagte, glaubwürdig zu machen, erzählte er ihr, was seiner Familie zugestoßen war, dass nämlich seine Tante, die Schwester seiner Mutter, verschwunden sei und dass sein älterer Bruder sie seit einigen Tagen in der ganzen Gegend suche; wenn er am Abend zurückkomme und sie nicht gefunden habe, dann müsse man mit dem Schlimmsten rechnen – vielleicht war sie bei einer Razzia festgenommen worden, vielleicht war sie in etwas verwickelt; die Deutschen schnüffelten doch immer hinter etwas her, besonders, seit es für sie an der Front mit jedem Tag schlechter ging, außerdem überfielen die hiesigen Ukrainer immer häufiger die Polen, durch sie konnte der Tante also auch etwas zugestoßen sein, wenn sie tatsächlich irgendwo hingefahren war, um einige Lebensmittel zu besorgen; er, Marek, befürchte jedoch, dass nicht die Lebensmittel der Grund für die Reise der Tante gewesen seien. Und so verriet er mit jedem Satz Dinge, die er niemals unter normalen Umständen einem Menschen, den er erst seit wenigen Tagen kannte, anvertraut hätte; aber Simone war eine ganz entzückende Frau, wenn auch viel kleiner als er, eine mädchenhafte junge Frau, in die er sich auf den ersten Blick verliebt hatte, und er erinnerte sich irgendwie verschwommen, dass seine Liebe anfänglich zwischen ihr und ihrer Schwester geteilt war, aber nun war er sich vollkommen sicher, dass nur ihr all seine Gefühle gehörten. Sie wiederum, als sei sie ihm für das ihr entgegengebrachte Vertrauen dankbar, erzählte, mit welch schrecklichen Problemen die Zirkusleute jetzt zu kämpfen hätten, welche Anstrengungen und welches Geschick es erfordere, um von den Deutschen die Erlaubnis zu erhalten, von Stadt zu Stadt zu ziehen und Vorstellungen zu geben, in denen, wenn auch nur aus dem Mund der Clowns, von Zeit zu Zeit doch einige polnische Worte fielen; wie schwierig es sei, die Nahrung, insbesondere Fleisch, für die Tiere, aber auch für sie, die Menschen, zu beschaffen, und dass es für die Athleten nie ausreiche; dass es nicht einfach sei, länger an einem Ort zu bleiben, denn sofort schnüffle die Feldgendarmerie hinter ihnen her. Und während sie sich so vertrauensvoll unterhielten – als würden sie sich schon sehr lange kennen –, tranken die beiden Pferdchen Wasser aus dem Fluss, tauchten dann tiefer ein, bis zum Bauch, eines wälzte sich sogar in dem flachen Wasser; nun holte Simone eine Bürste aus ihrer Tasche und striegelte die Tiere sorgfältig, dann schlenderten sie zusammen am Ufer entlang, die Pferdchen trotteten wieder wie kleine Hunde hinter ihrer Herrin her, begleiteten die beiden artig, wobei sie ab und zu etwas Klee aus dem Gras auf der Uferwiese herauszupften.

So gelangten sie zu dem Steg und den Umkleidekabinen einer noch aus der Vorkriegszeit stammenden, nicht mehr benutzten und halb verfallenen Badeanstalt für Sommergäste; sie gingen auf den Steg und blickten auf die reißende Strömung unter ihnen; Simone fragte ihn dann, was sich, wenn man das Flussufer weiter entlanggehe, dort noch befinde, und zeigte auf die in der Ferne sichtbaren Gebäude. Er sagte, das seien Befestigungsanlagen aus dem Ersten Weltkrieg und ein früherer Schießstand »für paramilitärischen Unterricht« und näher zum Fluss hin hohe Aufschüttungen, wo Kies gewonnen werde; er wollte ihr erklären, was »paramilitärischer Unterricht« bedeutete, aber sie winkte mit der Hand ab, sagte, dass sie es wisse. Sofort fügte er hinzu, dass jenes kaum sichtbare Gebäude nun auch eine Ruine sei, so wie die Badeanstalt, und sie schlug vor, dorthin zu gehen, wogegen er ziemlich heftig protestierte, was sie wiederum verwunderte, da der Tag doch so schön sei, einfach ideal für einen längeren Spaziergang, er verneinte aber noch einmal und fügte sogleich hinzu, dass dort Gräber seien, dass dort an einem Tag Dutzende von Menschen – Männer, Frauen und Kinder – bestialisch ermordet worden seien, und sie war sofort still. Erst eine ganze Weile später – er glaubte, ihre Gedanken seien bereits mit etwas ganz anderem beschäftigt – erwiderte sie fast flüsternd: »Juden ...«, und obwohl es überhaupt keine Frage war, bestätigte er: »Juden.«

Dann verließen sie den Steg und wateten am Ufer durchs Wasser, das zwar kalt, aber nicht unangenehm kalt war. Dann versuchte Simone mit beiden Händen einen kleinen Stichling zu erwischen, der sich auf einer Sandbank verirrt hatte, aber um ihn zu fangen – obwohl er nicht größer als ein paar Zentimeter war –, erwiesen sich ihre Hände als zu klein; Marek erklärte ihr, dass dieses Fischlein an den Seiten spitze Stacheln habe und einen schmerzhaft stechen könne. Dann kehrten sie zu dem Steg zurück, setzten sich vor die Holzwand der schon seit Langem verfallenen Umkleidekabine, und Simone fragte, ob man sich bei ihm zu Hause wegen seiner Abwesenheit keine Sorgen mache, was er verneinte; und er erzählte von seinen Kaninchen, gestand, dass er heute mit ihnen ein Geschäft habe machen wollen oder einige gegen andere eintauschen, und fügte hinzu, dass die Kaninchen in diesen schweren Zeiten fast eine heilige Sache seien – was würden sie bloß ohne die Kaninchen anfangen –, sie schloss jedoch die Augen, hielt ihr Gesicht der Sonne entgegen und schwieg, sodass er sie genau anschauen konnte.

Er überlegte, wie alt sie wohl sein mochte. Aber obwohl es ihn brennend interessierte, hätte er nie gewagt, sie nach ihrem Alter zu fragen, und er dachte, dass die Liliputanerfrauen offensichtlich lange eine mädchenhafte Haut, ja sogar eine Kinderhaut bewahren. In dem Moment schlug sie die Augen auf, ertappte ihn bei seinem aufmerksamen Blick und lachte, er aber schaute verlegen weg und spürte, wie er errötete. Da lachte sie laut auf. »Gefalle ich Ihnen?«, fragte sie plötzlich, und er wusste nicht, was er darauf antworten sollte, suchte nach den richtigen Worten, fand sie jedoch nicht, murmelte also etwas vor sich hin, und sie beugte sich zu ihm, legte ihm die Hände auf die Schultern, richtete sich leicht auf und küsste ihn auf den Mund. Dann fragte sie noch einmal, ob sie ihm gefalle, und siezte ihn bereits nicht mehr, er aber wusste nun, dass er ihr jetzt erst recht nicht antworten konnte, sie jedoch – als habe sie auf gar keine Antwort gewartet – küsste ihn ein zweites und ein drittes Mal und schob ihn dann ganz leicht von sich; schon saßen sie nur einfach schweigend nebeneinander, und sie schloss wieder die Augen und hielt ihr Gesicht der Sonne entgegen.

Er saß nun vollkommen reglos und steif wie eine Statue da, sodass er nach einiger Zeit wie erstarrt war, nicht wusste, was er sagen sollte, aber sie schien gar nicht darauf zu warten, dass er etwas sagte, und da begann er über die kleinen und großen Mädchen und über die Frauen nachzudenken. Er glaubte, alles zu wissen. Über die kleinen Mädchen, die bald erblassen, bald erröten, wenn sie nur schon bestimmte Wörter hören oder bestimmte Gesten sehen. Über diejenigen, die bedeutungsvoll heimlich kichern, wenn sie sich in verhaltenem Flüsterton die Witze und Geheimnisse der Erwachsenen erzählen. Und über die mit den schlanken, knabenhaften Hüften, deren Hände manchmal trocken und heiß werden, über die mit den wachen Augen, mit denen sie einen schüchtern anlocken und gleichzeitig wegstoßen. Er wusste auch alles über die großen Mädchen. Über die schweigsamen und traurigen, mit den kreidebleichen Gesichtern, über die Mädchen, die die Augen niederschlagen und gleichsam mit Erstaunen und Widerstand das Geräusch des in ihnen pulsierenden Blutes wahrnehmen, die bevorstehende große Veränderung, die sie zu etwas verurteilt, wovon sie zwar eine Ahnung haben, was sie aber nicht begreifen können und angstvoll erwarten, wogegen sie sich vielleicht sogar sträuben. Und er wusste Bescheid über die frühreifen Mädchen, über die Rundungen ihrer Blusen und Röcke, die gewisse Geheimnisse preisgeben, über ihre Gespräche, die eigentlich nur aus Andeutungen bestehen, oft ganz eindeutig frivol, sogar über die unanständigen Wörter, die sie mehr als einmal mit ernsten und engelsgleichen Unschuldsmienen, aber gleichzeitig mit glühenden Augen aussprechen. Und noch über die, die schon ganz offen mit Jungs gehen. Über ihr wildes Treiben am Abend auf den Uferwiesen. Doch bis jetzt wusste er noch nichts über eine richtige Frau. Simone aber war eine Frau, wenn auch immer noch so klein wie ein Kind – und außerdem eine Französin. Er wusste nichts über die Sehnsüchte und unerfüllten Wünsche einer Frau, über ihren ungestillten Hunger, gar nichts, rein gar nichts über die Einsamkeit einer Frau. Er wusste auch nichts über das Unglück des weiblichen Körpers, der durch das Schicksal von Kindheit an zum Anderssein bestimmt ist, und dieses Anderssein macht den weiblichen Körper unfähig, die Liebe des Mannes zu erwidern, bewahrt ihn jedoch nicht vor dem Verlangen nach dieser Liebe. Solche und ähnliche Gedanken brauten sich in seinem Kopf zusammen, als Simones warme, leicht schwitzende Hand an seinem Oberschenkel hochfuhr, sich unter sein Hemd schob und dann mit den Fingern, klein wie bei einer Puppe, anfing, seinen Bauch zu streicheln, und diese Finger zitterten und zuckten vor seiner Haut zurück, um ihn sofort erneut zu berühren.

Vielleicht dachte er im Übrigen überhaupt nichts, sondern war ganz einfach erstaunt, befangen, unsicher, wohl auch erschrocken und hatte dabei ein merkwürdiges Gefühl. Ein merkwürdiges und angenehmes zugleich. Und obwohl er so schnell wie möglich davonlaufen wollte, konnte er sich doch nicht losreißen, sich nicht einmal bewegen. Denn gleichzeitig wollte er bleiben.

Und dann geschah das, was ihm in der letzten Zeit nachts recht oft passierte, insbesondere gegen Morgen, noch im Schlaf, was sogar noch bis kurz nach dem Erwachen andauerte, schmerzhaft und peinlich zugleich war, aber auch angenehm und ungewöhnlich. Das geschah auch jetzt in dem Augenblick, da ihre flache Hand, als wolle sie ein Zittern der Finger vermeiden, sich auf seinen Bauch legte und, ohne sich zu bewegen, dagegendrückte. Und obwohl sie ihn weiter unten nicht einmal berührte, spürte er durch die Hose, dass dieses Ding zwischen seinen Beinen – genau wie gegen Morgen im Bett – steif wurde und sich plötzlich unter dem engen Stoff hochstellte, als könne es das Zusammentreffen mit ihrer Hand kaum erwarten. Im Übrigen berührte sie ihn dann gerade dort, nahm das Ding sofort zwischen ihre Finger. Und diese bewegten sich wieder, fingen an zu zittern, als seien sie eigenständige lebendige Wesen, die nicht viel gemeinsam hatten mit ihrer Hand. Aber das Ding, das zu ihm gehörte – denn er spürte, wie es noch größer und länger wurde und nicht mehr in ihre kleine Hand passte –, bewegte sich auch. So, als gehörte es nicht zu ihm, denn es war eigenständig, lebendig und fremd.

Aber schon lagen sie beide auf den Brettern des Stegs, und sie schmiegte sich ganz fest an ihn, sodass ihm für einen Augenblick der Atem stockte. Ihre andere Hand, die genauso zitterte, knöpfte ihm ganz die Hose auf, und er holte rasch Luft durch den Mund, schaute zu, wie sie das machte, an den Knöpfen nestelte. Dann rissen sich ihre Hände kurz von ihm los, schnellten in die Höhe und warfen mit einer raschen Bewegung das Kleid über den Kopf, daraufhin hob sie leicht die Hüften an, und mit der gleichen raschen Bewegung riss sie ihr Höschen herunter, wobei sie irgendwelche gedämpften Laute aus der Tiefe ihrer Kehle hervorstieß. Als dürften diese Laute durch den zusammengepressten Mund und die zusammengepressten Zähne nicht voll herauskommen, denn wenn sie aus ihr herausbrachen, dann waren sie bestimmt nicht nur in der Nähe des Flusses zu hören, sondern noch viel weiter entfernt, vielleicht sogar im Zirkuszelt; ihm war jedoch nicht klar, ob diese Laute Schmerz oder etwas ganz anderes bedeuteten. Aber er hatte keine Zeit zu überlegen, denn wohl noch mehr als am Anfang erfasste ihn Angst, und er hätte Simone vielleicht von sich geschoben, wenn er nicht so schüchtern gewesen wäre. Als er aber auch nur den Versuch unternahm, sich zu bewegen und die Arme ausstreckte, trafen sie sofort in der Luft mit ihren Armen zusammen. Ihre Hände ergriffen dann seine Hände, ihre Finger krallten sich in seinen Fingern fest, unterdrückten in ihnen jeglichen Widerstand; was er auch immer vorgehabt hatte, er verzichtete darauf und atmete nur laut. Sogleich führten ihre Hände seine Hände dorthin zurück, wo sie beide sich am nächsten waren, und dann langsam über ihren Körper, von den Hüften nach oben und zurück, sodass er plötzlich die ganze geschmeidige Zartheit der weiblichen Haut spürte, die er sich kaum hatte vorstellen können, und er spürte auch, wie sich die Bauchmuskeln anspannten, wie diese Weichheit einer Anspannung wich und diese in einem raschen Ausatmen in sich zusammenfiel. Dann spürte er in seinen Händen ihre kleinen Brüste, die aber dennoch größer waren als die eines jungen Mädchens und vollkommen anders. Und so eigenartig. Nur dass ihre Hände, die seine Hände festhielten, ihnen nicht erlaubten, länger dort zu verweilen, seine Hände von dort wegrissen und sie wieder zurückführten, nach unten über den pulsierenden, Atem holenden Bauch und dann noch weiter nach unten. Dieser unterdrückte, dumpfe, zurückgehaltene Laut brach erneut aus ihrer Kehle hervor, und er spürte sogleich, wie dort unten in dem Büschel dichter, trockener und gekräuselter Haare sich zwei schleimige Hautfalten – klebrig wie eine zerteilte Apfelsine – öffneten. Dann legte sie schnell ihre Arme um ihn und schob ihre Hüften unter ihn, und er spürte etwas, etwas, das er noch nie in seinem Leben erfahren hatte. Nicht einmal morgens, wenn er erwachte und dieses Ding unter seinem Pyjama hart wie ein Stock in die Höhe stand. Das war etwas, von dem er sich nie vorgestellt hatte, dass es so sein könne. Ihre Hüften bewegten sich, er spürte es immer stärker, ihr Mund und ihre Zähne waren nicht mehr zusammengepresst, denn sie flüsterte: »Langsamer, Liebling, langsamer, langsamer …«, obwohl er sich nicht bewegte, wiegte sie ihn auf ihren Hüften und flüsterte dabei: »Langsamer, Liebling, langsamer …«, und dann kamen nur noch diese dumpfen Laute, wie zuvor, aus der Tiefe ihrer Kehle oder sogar von noch tiefer, aus ihrem ganzen Körper heraus, und das klang, als brodle alles in ihr, ein wildes Gemisch aus Stöhnen und Lachen zugleich, bis die Bewegung ihrer Hüften aufhörte und diese Laute aus ihrer Kehle ihn geradezu betäubend ganz durchdrangen. Dann durchfuhr ihn etwas, das ihm bis jetzt vollkommen unbekannt war, ihm die Eingeweide zusammenkrampfte, alle Muskeln zusammenzog; und es musste eine ganze Weile vergehen, bis sich alles in ihm wieder entkrampft hatte, bis er bereits reglos mit seinem ganzen, jetzt kraftlosen Gewicht auf ihr lag, wie aller Kräfte beraubt, sogar für einen Augenblick des Lebens überhaupt beraubt, obwohl sie ihm mit ihrem brennend heißen Atem immer wieder dasselbe

Wort an den Hals hauchte, vielleicht zum hundertsten Mal, flüsterte: »Liebling, Liebling …«

Dann schien ihm, als ob er kurz, für Sekunden, einschlafe, denn er hörte nichts, aber vielleicht verstand er auch die ersten Worte, die sie sagte, nicht, die nächsten hingegen hörte und verstand er, denn sie sagte: »Sie suchen mich« und zog sich dabei rasch im Sitzen an; auch hörte er den anhaltenden Pfiff aus der Ferne, über die Wiesen hinweg, und wie er irgendwo dort widerhallte, sie jedoch warf einen kurzen Blick in den Spiegel, den sie aus ihrer Tasche gezogen hatte, beugte sich über ihn, küsste ihn auf den Mund und fragte: »Noch nie? Sag, noch nie? Das erste Mal, Liebling …?«, wartete aber seine Antwort nicht ab, fügte nur noch hinzu: »Komm zur Vorstellung, wenn du kannst«, und mit einem Sprung vom Steg auf die Uferwiese lief sie am Flussufer entlang in Richtung Dorfplatz, während er auf dem Steg liegen blieb, sah, wie ihre Shetlandponys wie Hunde hinter ihr herjagten. Dann sah er nur noch am sonnigen Himmel die Kumuluswolken langsam über seinem Kopf von Osten nach Westen ziehen, obwohl es ihm vielleicht bloß so schien, dass er sie sah, denn um diese Jahreszeit zogen sie eigentlich schon in die entgegengesetzte Richtung, von Westen nach Osten, da der Herbst nahte, aber er sah sie ganz deutlich, mit offenen Augen, nur dass er nicht ganz sicher war, ob nicht sowohl die Kumuluswolken aus Richtung Osten, der sonnige Himmel, die Stille ringsum als auch seine offenen Augen bloß ein Traum waren von den Kumuluswolken aus dem Osten und von ihm selbst, der auf dem halb verfallenen Steg der alten Badeanstalt in der Stille am Fluss lag und sich ganz hoch oben den sonnigen Himmel betrachtete. Denn obwohl er wusste, dass er jetzt voller leidenschaftlicher Gedanken hätte sein müssen, war er davon vollkommen frei, in seinem Kopf war davon keine Spur, weder von dem, was gewesen, noch von dem, was war, noch von dem, was sein würde, und das war gut so. Ihm schien, dass vielleicht nicht er so reglos dalag auf dem Brettersteg der halb verfallenen, aus der Vorkriegszeit stammenden Badeanstalt am Fluss, sondern dass vielmehr über ihm der Himmel, die Kumuluswolken und auch weiter oben die Sonne reglos waren und er sich zusammen mit dem Steg unter seinem Rücken in der ungewöhnlichen Stille von Osten nach Westen bewegte, erfüllt von einem Gefühl der Ruhe, wie er es bis jetzt noch nicht erfahren hatte. Und bestimmt war schon recht viel Zeit vergangen, denn die Stelle, wo er auf dem Steg bei der Wand der Umkleidekabine lag, wurde langsam schattig, und ihm wurde kühl. Allmählich entstand in seinem Kopf ein erster Gedanke: So ist es, wenn man stirbt; und nach einer Weile die nächsten Gedanken: in der Ruhe und Stille schon alles erlebt zu haben. Mehr braucht es nicht. So ist es, wenn man stirbt.

Dann schloss er endlich die Augen (er fühlte sich immer noch wunderbar) und war sicher, so wie er unter diesem von reglosen Kumuluswolken gezeichneten Himmel lag, selbst dahinzugleiten, irgendwohin, immer weiter in ein unendliches Universum. Aus diesem Traum wurde er erst durch das Rufen seines Namens in der Ferne geweckt. Als er die Augen aufschlug, sah er, dass ein langer Schatten den ganzen Steg der halb verfallenen Badeanstalt bedeckte, die Sonne hinter dem Städtchen unterging und Karola über die

Wiese auf das Ufer zugelaufen kam, ihre Stimme hatte er jedoch schon früher erkannt. Er suchte seine auf den Brettern herumliegenden Sachen zusammen, glitt vom Steg herunter auf die andere Seite und zog sich dort blitzschnell an. Dann ging er um den Steg herum und am Ufer entlang, Karola entgegen, wobei er ihr zurief: »Hier bin ich, hier bin ich, ich komme schon!«

Karola sagte, den halben Tag treibe er sich schon herum, fragte aber nicht einmal, wo, und auch nicht nach den Kaninchen, die er doch hatte eintauschen wollen, sagte nur, dass er sich herumtreibe, aber das in einem Ton, der so voller Vorwurf war, und dass Wiktor zurück sei, mit schlechten Nachrichten; man müsse etwas beschließen, er werde morgen sicher wieder nach Przemyśl zu Tante Weronika fahren, dann vielleicht von dort zu ihrer Mama nach Krakau, er, Marek, wohl mit ihm, das sei weniger auffällig, wie die Großmutter meinte – und seine Mama übrigens auch. Noch ehe sie zu Hause waren, gestand Karola, dass sie sehr gern mit Wiktor nach Krakau fahren würde, es seien schon einige Monate her, seit sie ihre Mama gesehen habe, und sie schlug ein Täuschungsmanöver vor: Ihm, Marek, gehe es nicht gut, na, wenigstens eine Magenverstimmung, etwas sei ihm nicht bekommen, vielleicht außerdem noch Kopfschmerzen oder noch irgendwas, er könne jedenfalls nicht mitfahren – ohne ihn überhaupt zu fragen, ob ihm das behagte oder nicht; und er hörte ihr innerlich wie gelähmt zu, ohne ein Wort zu sagen, denn er sah sich jetzt gerade in der Zirkusvorstellung, heute Abend, morgen und auch übermorgen, und verzweifelt dachte er an das, was ihn zu Hause erwartete. Obwohl dort jedoch sogleich fast ein Theater veranstaltet wurde (bestimmt habe er sich mit ungewaschenen Pflaumen vollgegessen und dann kaltes Wasser getrunken, wie die Großmutter behauptete), glaubte dann sogar Wiktor an seine Ausflüchte, denn wer wollte schon nicht gerne nach Krakau fahren? Aber vor dem Abend für die Zirkusvorstellung von daheim zu verschwinden, davon konnte nun natürlich gar keine Rede mehr sein (obwohl Karola am Abend die Kaninchen fütterte), und später, nachdem er einen von Großmutter aufgebrühten Kräutertee getrunken hatte, ging er von selbst, ohne dass ihn jemand aufforderte, früh zu Bett, was keine argwöhnischen Bemerkungen oder Blicke hervorrief. Er dachte, dass er noch in seinem Buch lesen werde, legte sogar das Buch auf sein Kopfkissen und versuchte, sich daran zu erinnern, wie weit er das letzte Mal gekommen war, und die Stelle zu finden, aber noch als das Licht brannte, übermannte ihn der Schlaf, und er hörte kaum noch, wie Wiktor ins Zimmer kam und sagte, dass Tante Barbara einen Auftrag von irgend so einer Organisation habe ausführen müssen (das Wort »Organisation« sagte er mit gedämpfter Stimme), denn alle Informationen, die er, Wiktor, erhalten habe, deuteten darauf hin, dass sie, um diesen Auftrag auszuführen, zuerst nach Lemberg und dann vielleicht nach Krakau gefahren sei; und erst nach einer Weile, als er merkte, dass Marek schon fast schlief, schwieg er. Ohne Wiktors Stimme zu hören, fiel Marek sofort in ein tiefes, dunkles Loch, in dem keine Träume entstanden und wo ihn eine dichte, undurchdringliche und allgegenwärtige Dunkelheit umgab.

Am nächsten Morgen, als Wiktor zwischen ihrem Zimmer und dem Badezimmer hin und her lief, stellte er sich schlafend. Erst als der Bruder bereits gefrühstückt hatte, richtete er sich zögernd im Bett auf, behauptete, dass es ihm schon etwas besser gehe, ließ sich sogar von der Großmutter auf nüchternen Magen einen Becher Kräutertee aufnötigen, wonach er befürchtete, tatsächlich krank zu werden (er warf Karola einen bedeutungsvollen und gequälten Blick zu, weil er mit ihr weiter diese Komödie spielte); zum Frühstück bekam er Griesbrei nur mit Wasser zubereitet und ohne Salz, und erst als Wiktor und Karola sich mit zwei kleinen Reisetaschen auf den Weg zur Bushaltestelle am Markplatz machten, ging er die Kaninchen füttern, gab sich dem berauschenden Gedanken hin, dass nun, wenn Wiktor und auch Karola einige Tage nicht da seien, er jeden Abend zur Zirkusvorstellung und jeden Morgen in die Nähe des Dorfplatzes hinter dem Schlachthaus gehen könne, von wo aus man die Zelte, die Zirkuswagen und die freien Plätze zwischen den Zelten und den Zirkuswagen beobachten konnte und von wo aus ihm sicher nicht entging, wie Simone mit ihren Ponys am Fluss entlangspazierte.

Vor dem Koben auf dem Nachbarhof hantierte gerade auch Antek, genannt Stupsnase, herum. Zuerst wechselten Marek und Antek ein paar Worte über den gegenwärtigen Stand der Kaninchenbörse in der Stadt, dann kamen sie auf den Zirkus zu sprechen, und Marek geriet für einen Augenblick in eine fieberhafte Erregung, als der Freund ihm von der vergangenen Abendvorstellung berichtete (er bedauerte, dass er wegen einer plötzlichen Magenverstimmung nicht habe dabei sein können, und aus demselben Grund habe er heute nicht mit Wiktor nach Krakau fahren können); Antek schwärmte jedoch vor allem von den Nummern mit dem Tiger, den Schlangen und dem Kamel. Gefragt nach den Pferden und Ponys und natürlich nach den Liliputanerinnen, erwiderte Antek ganz nebenbei, dass sie nicht schlecht gewesen seien, was Marek einen Stich ins Herz gab, denn das hätte er von seinem Freund nicht erwartet, also bohrte er weiter, vielleicht sogar allzu aufdringlich, und wohl deshalb sagte Antek mit Kennermiene, als habe er die Weisheit mit Löffeln gefressen: »Bei denen läuft es unten sowieso anders …«, das zweideutige Grinsen war jedoch sofort aus seinem Gesicht verschwunden, denn obwohl Marek nicht verstand, was »unten anders« bedeutete, spürte er doch, dass es etwas unerhört Abscheuliches war, stieß Antek empört zurück und ging zu seinen Kaninchen; Antek hingegen, der sofort begriff, dass er etwas von sich gegeben hatte, das Marek nicht gefiel, lief ihm hinterher und lobte nun den Auftritt der Liliputanerinnen.

Aber Marek verabredete sich nicht für den Abend mit Antek, denn er war ernsthaft gekränkt, im Übrigen wollte er irgendwo ganz allein im Zuschauerraum sitzen, so wenig wie möglich von den anderen Zuschauern gesehen werden; er drückte sich auch davor, zusammen mit dem Freund Grünfutter – Klee, Gänsedisteln und Luzernen – für die Kaninchen zu sammeln, und sagte, er habe noch einen großen Vorrat an Grünfutter, und außerdem müsse er, da am Montag die Schule wieder anfange, seine Bücher durchschauen. Jedoch schaute nicht er seine Bücher durch, das erledigte für ihn seine Mama, die auch in der von Deutschen verwalteten offiziellen Schule unterrichtete – sie wusste ja schließlich, was in diesem Jahr dort noch gebraucht wurde und was nicht mehr.

»Na, geh nur, geh. Die letzten Tage sind so sonnig, geh, ich weiß schon, wohin es dich zieht ...«, sagte seine Mama, und indem er die Unachtsamkeit der Großmutter ausnutzte, schlich er sich aus dem Haus, um zum Dorfplatz zu laufen, in der Hoffnung, Simone zu treffen. Aber obwohl er hartnäckig bis zum späten Vormittag um die Zelte und Zirkuswagen herumstrich (sodass er sich zum Mittagessen verspätete), traf er sie nicht. Und am Nachmittag erfuhr er, dass seine Mama, die noch keine der Zirkusvorführungen gesehen hatte, beabsichtigte, am Abend mit ihm zusammen die Vorstellung zu besuchen.

Später vergaß er dann ganz schnell, weshalb er eigentlich hatte allein in den Zirkus gehen wollen, da doch seine Mama wie immer der beste Kamerad war, ihn nicht nur verstand, sondern auch seine Faszination teilte; nur versuchte sie zu ergründen, was ihn am meisten faszinierte (hier war er jedoch vorsichtig, sagte, ihn interessiere fast alles), und dann beklatschte sie zusammen mit ihm die einzelnen Nummern, als seien sie Gleichaltrige. Aber nach dem Auftritt der Athletin mit ihren beiden Partnern geschah mitten in der Vorstellung etwas Unvorhergesehenes. Der Leierkasten auf dem Podest über dem Eingang spielte noch immer eine beschwingte Melodie, die beiden Clowns mit den kleinen Hunden und dem Kapuzineräffchen sowie die Männer in den eng anliegenden Trikots, die in einer späteren Nummer als Athleten auftraten, riefen schallendes Gelächter hervor, der Käfigtunnel wurde aufgebaut, auch die Netze, die den Zuschauerraum von der Manege trennten, wurden heruntergelassen; er, Marek, flüsterte seiner Mama ins Ohr (noch bevor der Zirkusdirektor es angesagt hatte), dass sie jetzt gleich den Löwen sehen würden, währenddessen aber nichts dergleichen geschah, der Zirkusdirektor sagte die Löwennummer nicht an, überhaupt war der Direktor von seinem Platz beim Eingang verschwunden, von wo er zuvor die ganze Zeit die Vorstellung beobachtet hatte; die Netze, die den Zuschauerraum von der Manege trennten, wurden wieder hochgezogen, auch der Käfigtunnel wurde wieder abgebaut, die Clowns verlängerten ihren Auftritt, sodass das Publikum bereits ungeduldig wurde. Dann wurden die Clowns von einem Zauberkünstler abgelöst, der Feuerkunststücke vorführte, indem er mit der Zunge das brennende Ende eines Stäbchens ableckte, es in den Mund steckte, seine Brust damit einrieb und in der Luft verschiedene Figuren machte. Schließlich kehrte der Zirkusdirektor an seinen Platz zurück und verkündete, dass er infolge einer plötzlichen Unpässlichkeit des Löwendompteurs gerade diese Nummer absagen müsse, und kündigte die Nummer mit den beiden Liliputanerinnen an.

Das Publikum war sichtlich enttäuscht, aber er, Marek, bemerkte all das gar nicht, hörte auch nicht das unzufriedene Raunen hinter sich, keinen einzigen Pfiff, denn er hatte nun nur noch Augen und Ohren für Simone, die in der Manege mit ihren beiden geliebten Ponys erschien; sie führte eine lange Glanznummer vor (er kannte alle Kunststücke bereits, nur dass er sie zuvor auf den Pferden und zusammen mit Jacqueline gesehen hatte), verfolgte sie aber dennoch mit gespannter Aufmerksamkeit, und erst am Ende wurde ihm bewusst, dass wieder etwas nicht so war, wie es hätte sein sollen, denn der Zirkusdirektor hatte doch beide angesagt. Ihm fiel auch auf, dass Simone kreidebleich war, als sei sie erschöpft, und nur dank dem harmonischen Zusammenspiel der Tiere war die Nummer geglückt; als sie sich aber vor dem Publikum verbeugte, sah er, dass sie ihn bemerkt hatte, denn ihre Blicke kreuzten sich ein paar Mal, und er sah auch, dass in ihrem Gesicht keine Spur von einem Lächeln war und ihre Augen Verzweiflung ausdrückten. Dann traten das Kamel, der Bär und noch einmal die Hunde auf, und natürlich erschienen zwischen diesen Auftritten wieder die Clowns, aber er, Marek, wartete ungeduldig auf das Ende der Vorstellung; beim Hinausgehen vertiefte sich seine Mama in ein angeregtes Gespräch mit einer Nachbarin, die sie getroffen hatte, und er sagte seiner Mama, als er Antek erblickte, er wolle mit ihm noch ein paar Runden hinter dem Zirkus drehen, seine Mama war einverstanden und machte mit der Nachbarin noch einen kleinen Spaziergang in der Nähe, Antek und er hingegen umrundeten das große Zelt, und erst jetzt erfuhr er von Antek, was passiert war – nämlich ein großes Unglück.

Gepackt von einer inneren schmerzhaften Vorahnung, ergriff er Anteks Arm und fragte, ob vielleicht der Schwester der Liliputanerin Simone, Jacqueline, etwas zugestoßen sei, denn sie sei angesagt worden, aber nicht in der Manege erschienen. Da blieb Antek stehen, blickte ihn aufmerksam an und sagte als Erstes: »Wie kommst du denn darauf? Nein, nicht ihr. Im Übrigen sind das gar keine Schwestern …« Und dann erzählte er, dass sich der Löwe unmittelbar vor dem Auftritt auf seinen Dompteur gestürzt habe, bestimmt sei er hungrig und gereizt gewesen, aber das Schlimmste sei dann gewesen, dass er dem Dompteur den Bauch aufgerissen habe. Sie näherten sich bereits einem der Zelte mit den Tieren. Marek war zwar erleichtert, aber schwindlig war ihm trotzdem. Und nach einer Weile fügte Antek hinzu: »Dieser Dompteur ist der Bruder von einer dieser Kleinen. Na, von dieser Jacqueline.« Und er darauf: »Woher weißt du das denn alles?!« »Woher? Woher? Ich bin mit dem Löwendompteur bekannt. Die Zirkusleute verstecken sich nämlich«, und er ließ Marek, völlig verwirrt und in Panik, vor dem Zelt stehen und warf einen

Blick in das Innere. Dann sagte er: »Warte!« und ging auf die zwischen den Zirkuswagen stehenden Jungen zu; völlig frei und ungezwungen bewegte er sich hinter den Zirkuskulissen, so als sei er bei sich zu Hause.

Marek hingegen stand noch immer wie gelähmt da, Dutzende von Gedanken hämmerten chaotisch, verworren und unzusammenhängend in seinem Kopf, wie ein ständiger Geräuschpegel, als habe er ein großes, starkes Bier getrunken, und fast all diese Gedanken waren Fragen: Sollte denn wirklich der stattliche, athletische Dompteur Jacquelines Bruder sein? Dann waren also Simone und Jacqueline keine Schwestern? Sie versteckten sich? Wer? Jacqueline und ihr Bruder? Oder Simone? »Die Maskierten«? Wer hatte das gesagt? Wer hatte das als Erster gesagt? All diese Fragen lähmten ihn noch mehr, und dann sah er, wie zwischen den Zelten seine Mama mit der Nachbarin umherspazierte, beide ins Gespräch vertieft, von der anderen Seite hingegen kam Antek auf ihn zu. Antek stellte sich ganz dicht vor ihn, sprach nun – obwohl niemand in der Nähe war – mit gedämpfter Stimme: »Er hat ihn schon zusammengenäht. Er wollte ihn sogar nach Przemyśl ins Krankenhaus überweisen. Aber seine Leute waren dagegen«, und dann, als er merkte, dass die beiden Frauen näher kamen (obwohl sie stehen blieben, sich sofort verabschiedeten und dann auseinandergingen), sagte er kurz: »Das Schlimmste ist, dass unser Doktor hier in der Stadt mit den Deutschen gemeinsame Sache macht. Er ist ein Spitzel. Er denunziert«, denn er sah, dass Marek nichts von alledem kapierte, jedenfalls nicht kapierte, wen der Doktor denunzierte, und er neigte sich noch einmal zu ihm hin: »Hey, Mann, er hat ihm doch den Bauch zusammengeflickt. Kapierst du denn nicht, was er da gesehen hat?« Da war Marek wie gelähmt, es schnürte ihm die Kehle zu, und selbst wenn er ein Wort herausgebracht hätte, hätte er Antek nicht um weitere Erklärungen bitten oder fragen können, wie es weitergehe, was geschehen werde, denn Antek klopfte ihm auf den Rücken, ging zu den Burschen vom Zirkus und verschwand rasch mit ihnen in dem großen, bereits leeren Zelt.

Da öffnete sich langsam der Vorhang des Tierzelts, vor dem er, Marek, stand, und Simone erschien. Sie machte einen Schritt auf ihn zu, berührte seinen Arm, während er sich ihr zuneigte – als hätten ihre kindlichen Finger ihn dazu aufgefordert –, in Höhe ihres ihm entgegengestreckten Gesichts, sodass er plötzlich den Geruch ihrer karmesinroten Lippen wahrnahm, die Wärme ihrer Haut und ihren Atem spürte. Sie küsste ihn auf den Mund und flüsterte wie unlängst dort am Fluss: »Liebling, Liebling …«, wohl zwei- oder sogar dreimal, und ging zurück ins Zelt, vielleicht deshalb, weil bereits seine Mama hinter ihm stand.

Da drehte er sich um, schaute seine Mama an, deren Augen große Verwirrung, Erstaunen, aber auch Neugier ausdrückten. Obwohl sie kein Wort sagte und auch keine Fragen stellte, erzählte er ihr kurz das, was er gerade erst von Antek erfahren hatte. Was geschehen war und was noch geschehen konnte. Dann gingen sie schweigend nach Hause. Seine Mama wunderte sich nicht, dass er beim Abendessen keinen Bissen hinunterbrachte, und als er vom Stall zurückkam, wo er den Kaninchen Grünfutter hingeworfen hatte, ging er in sein Zimmer, ohne den Protest der Großmutter zu beachten. Kurz darauf drang von der Straße durch die Eingangstür hindurch das hastige Gespräch seiner Mama mit jemandem vor dem Haus an sein Ohr, er hörte auch, wie seine Mama ins Haus zurückkam – und dann ein viel lauteres Gespräch zwischen seiner Mama und der Großmutter in der Küche und sofort Mamas Weinen. Anhand der Wortfetzen reimte er sich zusammen, dass irgendein Nachbar gerade mit dem Fahrrad aus Przemyśl mit Nachrichten von Tante Barbara zurückgekommen sein musste. Dass diese irgendwo von den Deutschen geschnappt und sofort ins Lager geschafft worden war. An sein Ohr drangen auch – wie aus einer vollkommen anderen Welt – durch das Weinen seiner Mama unterbrochene Sätze. Dann warf er sich, ohne sich zu waschen und sogar ohne die Zähne zu putzen, auf sein Bett, fiel in einen unruhigen Schlaf, erwachte, sprang aus dem Bett und ging ans Fenster, blickte auf den in ein trübes Mondlicht getauchten Garten, legte sich wieder hin, schlief wieder ein, erwachte wieder, und das schien endlos so weiterzugehen; später, bereits im Morgengrauen, schlich er auf Zehenspitzen mit seinen

Kleidern unter dem Arm ins Badezimmer, wusch sich rasch, zog sich an und schlich wieder auf Zehenspitzen aus dem Haus.

Draußen herrschte eine beißende Kälte, aber er wagte es nicht, ins Haus zurückzugehen, um sich noch etwas überzuziehen. Er lief durch die vollkommen leeren Straßen in Richtung Dorfplatz beim Schlachthaus. Als er dort ankam, fand er nur einen leeren Platz mit schwarzen Feuerspuren vor, mit Löchern im Boden durch die Zeltmasten und die großen und kleinen Wagenräder. Hier und da Pferdeäpfel. Irgendwelche Papierfetzen, nicht weggeräumte Heu- und Strohreste, Lappen auf einem Haufen, zerrissene Taue. In der Luft lag noch immer der Geruch, der ihm während der vergangenen Tage so vertraut geworden war, dass er ihn sein Leben lang nicht vergessen würde. Es war so empfindlich kalt, dass er innerlich zitterte. Und ringsum Stille, sodass man das Rascheln einzelner Blätter, die langsam von den Pappeln rundherum zur Erde fielen, zu hören schien. Langsam ging er über den leeren Dorfplatz. Bis zu dem Gatter für das hier weidende Vieh. Dort setzte er sich auf einen der Balken. Als hinter dem Gebäude des Schlachthofs Antek auftauchte, musste er ihn nicht rufen, Antek hatte ihn bereits bemerkt, kam auf ihn zu und setzte sich auch auf einen Balken. Er hatte ein vor Müdigkeit bleiches, zerknittertes Gesicht, als habe er diese Nacht überhaupt nicht geschlafen. Die beiden blickten schweigend auf den leeren Platz. Es war immer noch vollkommen still, nicht einmal Vogelgezwitscher war zu hören, obwohl ihm, Marek, einen Augenblick lang schien, dass er in der Ferne die davonrollenden Zirkuswagen hörte. Aber das war eine Sinnestäuschung, denn es war nur das Klappern seiner Zähne. Als durch die gleichmäßige dünne Wolkenschicht die fahle Sonne durchbrach, wurde es nicht wärmer, aber ein Sonnenstrahl wurde von einem Gegenstand reflektiert, der nicht weit weg auf der Erde lag. Marek rutschte von dem Balken herunter, ging auf den Gegenstand zu und hob ihn auf. Es war ein kleiner Taschenspiegel, den jemand verloren hatte. Er ging zu dem Balken zurück und setzte sich neben Antek, drehte den Spiegel in der Hand hin und her und polierte ihn an seinem Hosenbein. Antek sagte: »Sie hatten keine andere Wahl.

Aber so können sie sich vielleicht irgendwo verstecken und warten, bis die Gefahr vorüber ist …« Marek sagte darauf kein einziges Wort. Man hörte nur sein Zähneklappern. Er hatte keine Gewalt darüber, sosehr er auch dagegen ankämpfte.

In der Abenddämmerung

Die nackten Frauen. Zum ersten Mal gesehen hatte er sie am Ende jenes Sommers, als sich die Front so weit nach Osten verschoben hatte, dass in der kleinen Stadt nicht einmal der leiseste Kanonendonner zu hören war. Samtartig und grau fiel Nieselregen auf das Tal, vom Fluss her stieg Nebel auf. Aber es war noch hell genug, um sich die Frauen anzuschauen. Nur hatte er sie sich denn wirklich anschauen können? Hatte er denn alles gut genug gesehen? Hatte er überhaupt etwas gesehen? Wie oft hatte er später versucht, sich selbst davon zu überzeugen, dass man um diese Zeit nicht viel erkennen kann oder dass bei abendlichem Zwielicht Dinge oft die unwahrscheinlichsten, ja sogar abstoßendsten Formen annehmen, die keineswegs real sein müssen. Denn die Frauen waren ohne Brüste, an ihrer Stelle kamen unter den Hautfetzen violette Fleischlappen zum

Vorschein, und die Frauen sahen grauenhaft aus. Er konnte sich also die Frage, ob er sie tatsächlich gesehen hatte, nicht leicht beantworten, obwohl es ihm nicht gelang, sie aus seinem Gedächtnis zu streichen; Gott bewahre vor einer solchen Erfahrung. Er war damals noch nicht einmal zwölf Jahre alt gewesen und hätte nie geglaubt, dass er unter solchen Umständen mit weiblicher Nacktheit in Berührung kommen würde.

Am Tag zuvor in der Früh war der Hausmeister Maksym, von ihnen nur Großer Bär genannt, plötzlich in die Küche gestürzt, wobei er bereits auf der Türschwelle gerufen hatte: »Pohrom bude«*, »pohrom«, ein schreckliches Wort, das er besser niemals in den Mund genommen hätte. Und nachdem er Holzbündel, die mit Strohseilen zusammengeschnürt waren, auf die Ofenbank gelegt hatte, stand er atemlos da, warf Mareks Cousine Karola einen vorwurfsvollen Blick zu, so als habe er sie hier in der Küche nicht erwartet und als wäre es ihm lieber, wenn sie verschwinden würde.

* Es gibt ein Pogrom (ukrainisch). (Alle Anmerkungen sind von der Übersetzerin.)

Und obwohl die Tanten und die Großmutter ihn anschrien: »Was? Wie? Wo? Wann?« und so weiter und weshalb auch er, Maksym, solches Zeug von sich geben müsse, er habe kein Gewissen – dazu noch vor den Kindern –, und ihn zur Tür hinausjagten, wiederholte er dennoch im Flur beharrlich und mit finsterer Miene: »Pohrom bude. Ja ta swoje wiem*. Pohrom bude«, wobei er das Wort »pohrom« so aussprach, wie es in Großmutters Haus bis jetzt noch keiner auszusprechen gewagt hatte. Und am Abend, als Mareks Mama über den Hof ging, sagte Feldwebel Rüdeck, der im Hinterhaus einquartiert war, geheimnisvoll zu ihr: »So ein schönes Städtchen muss doch endlich sauber werden, nicht wahr?«**, und dann glotzte er so eigenartig auf das Tal und auf die kleine Stadt, dass er, Marek, und Wiktor, sein älterer Bruder, sofort an die offenen Abflussgräben dachten, die sich durch einige Straßen zogen und die braunen Abwässer der Gerberei und noch anderen Schmutz aus den Häusern der Armen unten am Fluss mit

* Ich weiß, was ich weiß.

** Im Original auf Deutsch.

sich führten und die vor allem im Sommer die ganze Gegend verpesteten; aber die beiden hatten sich geirrt, denn es ging überhaupt nicht darum, sondern um etwas vollkommen anderes.

Vereinzelte Schüsse weckten sie so gegen fünf, vielleicht halb sechs – es war gerade erst etwas hell geworden –, und dann, als sie aus den Betten sprangen, ratterten ein ums andere Mal schon Maschinengewehre auf den Hügeln hinter dem unierten und dem jüdischen Friedhof am Waldrand, als sei die Front, die sich seit dem Sommer weiter nach Osten verschoben hatte, plötzlich zurückgekehrt, habe in der Nähe der kleinen Stadt haltgemacht und wolle sie erneut überrollen. Nur im Nachthemd standen sie an den Fenstern auf dem Dachboden, zitternd vor Kälte und Aufregung, er, Marek, und Karola, seine Cousine, an dem einen und Wiktor an dem anderen Fenster, die beide halb geöffnet waren, sodass man es recht gut hören konnte, und sie sahen vom Morgennebel eingehüllte graue menschliche Gestalten wie Steine die steilen Straßen hinunterrollen, vorwärts getrieben durch Schupos, die ihre Gewehrkolben zu Hilfe nahmen und in die Luft schossen oder auch schon mal nach unten (denn manchmal blieb ein Flüchtender stehen, ruderte kurz mit den Armen und brach dann zusammen, blieb an derselben Stelle auf der Erde wie ein Lumpenhaufen liegen), und im Tal, am dicht mit Weidengestrüpp überwucherten Flussufer, über aus dem Gras ragende Wurzeln stolpernd, fallend und sich wieder aufrappelnd, zog wie eine endlose Schlange eine Menge erschöpfter Männer und Frauen, Jungen und Mädchen, alter Menschen und kleiner Kinder entlang – alle aus den umliegenden Dörfern und dem Städtchen.

Erst gegen Mittag verhallten die Schüsse allmählich. In den Ohren klang jedoch noch lange das durch den Regen, den Nebel und die Entfernung erstickte Geschrei jener, die vom Oberlauf des Flusses zu den alten Kasematten aus der Zeit des Ersten Weltkriegs getrieben worden waren. Vergebens rief die Großmutter zu Tisch, vergebens suchte Tante Weronika nach Karola, Marek und Wiktor, die sich in dunklen Ecken verkrochen hatten; trotz guten Zuredens rührte niemand das Essen an, jedenfalls die drei nicht, und was die Erwachsenen betraf, so konnte er sich nicht mehr erinnern. Viele Jahre sind seitdem schon vergangen, und es wäre ihm schwergefallen zu sagen, ob sich in den folgenden Jahren derart Grausames noch mal ereignet hatte.

Vor dem Abend zog eine unbändige Kraft sie beide zu den Kasematten (das heißt Wiktor und ihn, Marek – Karola hatte sich in Tante Barbaras Zimmer eingeschlossen und sprach mit niemandem mehr), denn sie hatten doch mit einigen der Menschen, die sie im Morgengrauen vom Fenster aus gesehen hatten, den Krieg hindurch eine kleine Gemeinschaft gebildet; die einen hatten sie näher gekannt, die anderen nur vom Sehen oder vom Hörensagen, aber über fast alle hatten sie etwas gewusst, also wollten sie nun auch etwas darüber erfahren, was und wie es passiert war, warum die Tanten so hartnäckig Erklärungen verweigerten und warum sie sogar während der Küchenarbeit beteten.

Das Städtchen war bereits seit dem Mittag wie leer gefegt, keine Menschenseele war zu sehen. Niemand ließ sich in den Straßen blicken, niemand schaute aus dem Fenster, sogar in den Innenhöfen war es still; kein Pferdegespann fuhr am

Haus vorbei, der einfältige Klemens, der Wasserträger, schleppte sich kein einziges Mal mit den an einem Traggestell hängenden Eimern mit Trinkwasser aus dem Pumpbrunnen am Marktplatz ab, der Kamin der Schmiede rauchte nicht, und Hammerschläge waren auch keine zu hören. Nur hin und wieder unterbrach der Marschschritt der deutschen Patrouille die Leere und die Stille, ein- oder zweimal torkelten einige betrunkene Schupos durch die Hauptstraße, donnerten grölend hier und da mit den Fäusten gegen die fest verschlossenen Fensterläden von Parterrewohnungen, kurz darauf war dann aber auch von ihnen keine Spur mehr; lediglich ihr Gebrüll lag eine Zeit lang in der Luft, als wollte es jene verzweifelten Schreie, die immer noch in den Köpfen dröhnten, übertönen, was jedoch nicht gelang. Schließlich konnten Wiktor und Marek nicht länger warten, schlichen sich aus dem Haus und liefen zu der Kiesgrube; in der Abenddämmerung, bevor sich der Nebel im Tal verdichtet hatte, waren sie an Ort und Stelle.

Das war zwei Kilometer flussaufwärts, gleich hinter den Kasematten; das gesamte zerfurchte gelbbraune Schottergelände einer früheren Kiesgrube erstreckte sich von den Kasematten bis zur Furt.

Erst am nächsten Tag erinnerte Wiktor daran, dass dieser Ort bereits seit 1940 einen zweifelhaften Ruf hatte, dass dort ein Lehrer des Städtchens, der sich den ganzen Herbst in der Befestigungsanlage versteckt hatte, später von den Sowjets erschossen wurde; als die Großmutter sah, dass Karola kam, forderte sie Wiktor auf, augenblicklich den Mund zu halten. Am Vortag hingegen, als sie auf halber Höhe auf der mit Unkraut und Schlehe überwucherten Böschung stehen geblieben waren, hatte Wiktor kein Wort gesagt (er hatte nur geschaut und laut geatmet), denn weiter unten war ganz deutlich das Gelände der Kiesgrube zu sehen gewesen, und dort hatten sie alle gelegen: Jüdinnen und Juden, einige Zigeuner aus der Gegend; hier und da zusammen: Männer, Frauen und Kinder, ineinander verschlungen, als hätten sie sich vor dem Tod zu einem Knäuel zusammengeballt, noch den Versuch unternommen, nach oben zu gelangen, oder besser liegen wollen (bestimmt waren sie in die Gruben hineingetrieben und mit Maschinengewehren niedergemäht worden), hier und da wieder getrennt, zuerst die Männer, dann die Kinder und noch weiter unten nur Frauen. Also sah er sie so zum ersten Mal.

Wiktor atmete immer noch so unglaublich laut, dass es jeder in der Nähe hören musste, und bestimmt war jemand in der Nähe, denn plötzlich fiel irgendwo ein Schuss, und selbst wenn dieser Schuss nicht einem von ihnen beiden gegolten hatte, so schien es ihnen dennoch, dass die Kugel direkt über ihre Köpfe hinwegpfiff, sie gingen also kurz in Deckung. Die Frauen lagen tief unten in einer der Gruben, und der feine kalte Nieselregen zerstob nicht, sondern legte sich sanft wie Staub auf den gelben Sand, die Steine, den Kies und die verstümmelten Körper, die noch die letzten Reste des von oben herabfallenden Herbstlichts aufnahmen und heller glänzten und schimmerten als der Sand und der Kies, als die Erde und die Steine, obwohl es schon so rasch dämmerte. Sie lagen da, übel zugerichtet, für immer verstummt, Blut, Sand und Erde waren vom Regen weggespült.

Aber hatte er denn wirklich etwas sehen können? Und wenn er etwas gesehen hatte, hatte er es sich wirklich richtig anschauen können, da doch noch zuvor dieser erste Schuss gefallen war und er bestimmt die Augen schon fest geschlossen hatte. Dann lag er da, das Gesicht im Gras verborgen, und später, als sie davonliefen, hielt Wiktor ihn an der Hand, zog ihn wie einen Blinden, denn seine Augen waren noch immer fest geschlossen, und zuvor hatten sie dort über der Grube unterhalb der Böschung nicht länger als eine Minute gestanden, und er hatte überhaupt nicht an diejenigen gedacht, die dort unten lagen, sondern an seine Mutter, seine Tanten, seine Cousine Karola, an all die Frauen und Mädchen, die noch lebten und die er kannte, die er mochte oder liebte, die er irgendwann zuvor einmal angeschaut und berührt hatte, wenn er überhaupt an alle hatte denken können in diesen ein, zwei Minuten, im Übrigen war er halb benommen vor Angst. Denn erst als sie wieder in der Nähe der Kasematten waren, Wiktor ihm einen Schlag ins Genick gab und ihm ins Ohr schrie, er solle sich gefälligst zusammenreißen, da kam er ein wenig zu sich und riss sich etwas zusammen, und sie liefen schnell zum Fluss. Dann waren sie umgeben von sumpfigem Gestrüpp, Weidengebüsch und Schilf, und hinter ihnen fiel ein zweiter Schuss, aber schon schlugen ihnen die langen Schilfrohrstangen entgegen, und sie kämpften sich durch die dicht bewachsene sumpfige Furt; es folgten ihnen noch ein, zwei Schüsse, aber die hatte Marek vermutlich gar nicht mehr gehört, auch nicht den Ruf, sie sollten stehen bleiben; später befanden sie sich dann im Wald auf dem gegenüberliegenden Ufer, und erst lange nach Einbruch der Dunkelheit trafen sie zu Hause ein. Die Großmutter, die am Tisch vor der rauchenden Petroleumlampe saß und den Rosenkranz betete, hielt ihnen jedoch keine Strafpredigt.

Tage- und wochenlang wurde er dann das Gefühl nicht los, in ihm sei alles abgestorben; denn das, was ihn am meisten lähmte, war die Feststellung, dass einem Menschen – vor allem einer Frau – etwas viel Schlimmeres geschehen kann als der Tod. Aber wie lange kann man in einem solchen Zustand verharren, wie betäubt, jeglicher Empfindungen beraubt, verschlossen, und dies Tag für Tag, Woche für Woche, in Gedanken versunken, wobei man sich das Geschehene in Erinnerung ruft, in der Nacht immer wieder aus demselben Traum erwacht, reglos und stumm im Bett sitzt, teilnahmslos in die dunkle Leere starrt, die nicht einmal mehr Bedauern bedeutete, sondern nur der unbestimmte Vorwurf, etwas nicht getan zu haben – nur was? Was hätte er denn tun können? Bestenfalls laut schreien, all die Worte herauswürgen, die sich in der Brust angesammelt hatten, bis sie zu einer nicht mehr auszuhaltenden Last geworden waren, und dabei war er doch erst zwölf, die Welt lockte mit Entdeckungen, und er wäre am liebsten losgelaufen, bis zur Atemlosigkeit, bis zum Freudentaumel. Schließlich begehrte er auf. Und später versuchte er mit aller Kraft das Bild jener verstümmelten Frauenleichen so rasch wie möglich aus seinem Gedächtnis zu verbannen; nie erzählten er und Wiktor irgendjemandem etwas von dem, was sie hinter den Kasematten in der Kiesgrube gesehen hatten, nie sprachen sie miteinander darüber, und vielleicht wäre es ihm schließlich gelungen – da er es doch so sehr gewollt hatte –, das Ganze vollkommen zu vergessen, wenn Karola nicht gewesen wäre.

Es geschah zu Beginn des Winters, vielleicht an einem der letzten Tage im Advent; seit dem Morgen hatte er ein wenig Halsschmerzen und erhöhte Temperatur, siebenunddreißigdrei, seine Mama erlaubte ihm nicht, das Haus zu verlassen; draußen lag knöchelhoch Schnee, das etwas weiter entfernte überschwemmte Flussgebiet war zugefroren und hatte sich in eine richtige Eisbahn verwandelt. Nachdem sie zu Mittag gegessen und ihre Hausaufgaben gemacht hatten, schnappten sich Wiktor und Karola ihre Schlittschuhe und verschwanden, Marek hingegen stand einsam am Fenster, die Nase gegen die Scheibe gedrückt, und spürte, dass er nun tatsächlich krank wurde; er war mürrisch und niedergeschlagen, hatte sogar die Lust verloren, den nur für kurze Zeit ausgeliehenen *Pickwickclub* zu lesen, und als gegen Abend erneut seine Temperatur gemessen wurde, stellte sich heraus, dass sie bereits auf siebenunddreißigsechs gestiegen war. Und dann bereiteten sich alle im Haus auf den Kirchgang vor, auf die Messe, die in jenem Jahr (nachdem der Pfarrer des Städtchens verhaftet worden war und ein Pfarrer aus R. kommen musste) von den Morgenstunden auf den späteren Nachmittag verlegt worden war.

Die Großmutter brachte ihm noch einen mit Honig gesüßten schweißtreibenden Tee aus getrockneten Himbeeren, drohte sogar damit, ihm am Abend Schröpfköpfe zu setzen, aber wie konnten Schröpfköpfe bei Halsschmerzen helfen? So ein Unsinn!

Sie meinte auch, er solle sich ins Bett legen, ihm war jedoch klar, dass, wenn er sich jetzt hinlegte, die Temperatur nur noch höher steigen würde. Er willigte also scheinbar ein und sagte, er würde sich die Zähne putzen, setzte sich dann auf den Rand der Badewanne und dachte voller Verzweiflung, dass er von allen verlassen sei und tatsächlich niemanden habe, dem er etwas bedeutete. Und bald darauf war es schon Zeit: Die Kirchenglocke rief zum Gottesdienst. Als er aus dem Badezimmer kam, stand im Flur die Großmutter schon bereit in ihrem langen schwarzen Pelz, auf dem Kopf einen Hut und darüber noch einen schwarzen Schal, den sie am Kinn verknotet hatte; sie klopfte ungeduldig mit dem Spazierstock auf den Boden, um die Tanten und Mareks

Mama zur Eile anzutreiben: »Schneller, schneller, meine Mädchen …«, und kurz darauf verließen alle das Haus.

Er konnte sich nicht erinnern, dass er irgendwann zuvor eine derartige Kraftlosigkeit und eine fast körperlich schmerzhafte Einsamkeit empfunden hatte. Über dem Hof lag dichter silbriggrauer Nebel, dicke weiße Pulverschneehauben drückten auf die Bäume, und die Schatten der Zweige legten sich auf den Neuschnee, blassblau, wurden länger und länger. Es war windstill, ruhig, die ganze Welt schien erfroren, zu Eis erstarrt, und er, Marek, stand noch immer am Fenster im Esszimmer, der von der Großmutter zubereitete Himbeertee war längst kalt geworden. Marek rührte sich nicht von der Stelle, bis er schließlich vergaß, dass er eigentlich hätte ins Bett gehen sollen. Er schaute durch die von der Kälte fast undurchsichtig gewordenen Fensterscheiben, auf denen sich – mit einer dünnen Eisschicht bedeckt – außen an den Rändern Eisblumen abzeichneten, und er versuchte aus dem Gedächtnis Gedichte zu rezitieren, denn verschiedene merkwürdige Gedanken machten sich in seinem Kopf breit, was er aber nicht zulassen wollte, und langsam, in dem Maße, wie das Zimmer vom Halbdunkel erfasst wurde, erstarrte sein Herz, und in seinen Adern glaubte er schmerzende Eiskristalle zu spüren.

Das ganze Haus – außer diesem einen Ort, an dem er saß und an dem sich sein erregtes Geflüster ausbreitete, das bereits zum wer weiß wievielten Mal dieselben Strophen wiederholte – war erfüllt von Schweigen, das jedoch durchdrungen war von verschiedenen unerklärlichen Geräuschen, Tönen und Lauten, die bestimmt nichts bedeutet hätten, wenn nicht alle weggegangen wären; aber er fürchtete sich nicht, nein, das war überhaupt keine Angst.

Als er noch sehr klein war, waren seine Eltern viel gereist und hatten immer seinen älteren Bruder Wiktor mitgenommen, ihn jedoch in der Obhut der Großmutter zurückgelassen, aber die hatte dann auch oft keine Zeit für ihn, und da setzte ihn das Dienstmädchen Marysia auf das Sofa im Salon und sagte: »Bleib still sitzen, quengle nicht und mach keinen Unsinn, denn sonst wirst du sehen, dass Tante C. kommt, die ist in ihrem Zimmer, sie hat Migräne und will, dass es ruhig ist im Haus ...«, oder: »Onkel K. kommt, der kann nörgelnde Kinder nicht ausstehen, er ist auch in seinem Zimmer und will seine Ruhe haben.« Aber damals waren Tante C. und Onkel K. doch schon seit Jahren tot, das hatte er genau gewusst. Also saß er reglos da, mit zusammengekniffenen Augen und angehaltenem Atem, da er sich fürchtete. Bis er sich schließlich an die Toten gewöhnte. Ihm war klar, dass sie im Haus der Großeltern neben den Lebenden wohnten und nicht besser oder schlechter waren als diese. Und dass überhaupt die Toten in jedem alten Haus neben den Lebenden wohnen, ihre Wege und Angelegenheiten freilich unerklärbar, aber etwas ganz Alltägliches sind. Also war es nun bestimmt nicht Angst, sondern es waren nur all die unnötigen Gedanken, die sich gewöhnlich in seinen Kopf drängten, wenn er allein war, und derer er nicht Herr werden konnte.

Dann schien ihm, er höre in der Küche Wasser aus dem Hahn in den Ausguss tropfen, aber das kurz vor dem Krieg gebaute Wasserwerk, das den wohlhabenderen Teil des Städtchens mit Wasserleitungen versorgt hatte, war von den Sowjets einen Tag vor ihrer Flucht in die Luft gesprengt worden, und bereits seit einigen Monaten gab es in der Küche nur Wasser in einer Tonne, die einmal am Tag mit Eimern von dem einfältigen Klemens aufgefüllt wurde; also konnte aus dem trockenen Hahn gar kein Wasser tropfen. Und dann hörte er noch, wie die Katze schnurrte und sich im Flur an einem Tischbein rieb – wo doch die letzte Katze der Großmutter schon im vergangenen Herbst gestorben war und die Großmutter sich bis jetzt noch nicht hatte entschließen können, eine neue ins Haus zu holen; genau so war's nämlich. Er überlegte also einen Augenblick lang, ob das nicht Mäuse sein könnten, denn die schlichen sich immer im Winter von draußen in die Häuser, vor allem in diejenigen, in denen es keine Katzen gab, aber er konnte sich nicht erinnern, jemals eine Maus hier gesehen zu haben, und dann dachte er, dass vielleicht die Uhr, die auf dem Treppenpodest stand, irgendwelche Geräusche von sich gab und das Ticken des Uhrwerks sich deshalb im ganzen Haus so ausbreitete, weil niemand da war; er zweifelte jedoch, ob es tatsächlich die Uhr war, und spürte, dass seine Temperatur erneut gestiegen war. Schließlich hörte er oben Türenschlagen und gleich darauf Schritte; da wusste er bereits, dass sich bestimmt etwas Ungewöhnliches ereignen würde (das alles muss man mutig durchstehen, sagte er rasch zu sich), presste aber nur noch mehr die Augenlider zusammen, hielt den Atem an und zählte die Schritte, wobei er versuchte, an etwas anderes zu denken. Die Schritte machten jedoch auf halber Treppe halt, und plötzlich rief Karolas Stimme von dort fragend: »Marek? Bist du da unten?«, sodass er einen Augenblick noch dachte, er sei eingeschlafen und träume. Als er aber auf ihr erneutes Rufen auf den Flur hinauslief, beugte sich Karola – sie war es wirklich – mit einer ungeduldigen, etwas geheimnisvollen Miene über das Treppengeländer; sie war in einer unmöglichen Aufmachung: in einem reifrockartigen Kleid oder so etwas Ähnlichem. Sodass er insgeheim vor Erstaunen seufzte.

»Du solltest doch im Bett liegen, nicht wahr? Was machst du also hier?«, sagte sie in einem wichtigen Ton und sichtlich erfreut, dass sie ihn zurechtweisen konnte.

»Und du?«, fragte er. »Du solltest doch eigentlich in der Kirche sein …« Und als er in seiner Stimme Erleichterung hörte, schämte er sich.

»Das stimmt! Aber ich habe Halsschmerzen bekommen. Großmama hat gesagt, ich soll zu Hause bleiben«, erwiderte Karola.

»Du hast auch Halsschmerzen? Was du nicht sagst …«

»Warum nicht? Du hättest mich doch anstecken können. Aber ich wollte daheimbleiben«, gestand sie nach einer Weile.

Er betrachtete neugierig ihre Kleidung, aber das Gefühl der Erleichterung war in ihm immer noch so groß (obwohl er das um nichts in der Welt, nicht einmal in Gedanken, zugegeben hätte), dass er sie nicht mit irgendeiner Frage verscheuchen wollte; seit Karola einen halben Kopf größer war als er, kam sie sich unglaublich wichtig vor, war hochnäsig und nahm alle möglichen seltsamen Posen ein (aber er verzieh seiner Cousine alles und wäre gar nicht auf die Idee gekommen, seine Einstellung ihr gegenüber nur deshalb zu ändern, weil sie nun eingebildet war), also murmelte er nur:

»Bist du freiwillig hier geblieben? Na, na …«

Und sie darauf:

»Ratterst irgendwelche Gedichte runter und machst Krach im ganzen Haus.« Es war klar, dass sie die Stimme seiner Mama oder einer der Tanten imitierte.

»Nun übertreib mal nicht«, sagte er leicht gekränkt. Und ganz leise: »Ich lerne den *Pan Tadeusz** auswendig.«

»Auswendig?! Den ganzen?!«

»Den ganzen«, erwiderte er großspurig.

In ihren Augen blitzte kurz Anerkennung auf, sofort kehrte sie aber wieder zu ihrem vorherigen Ton zurück.

»Das ist lobenswert. Lerne, lerne nur, mein Kleiner, das ist nützlicher, als irgendwo herumzulungern.« Und nach einer Weile, wieder mit verstellter Stimme: »Komm mal her zu mir.« Sie kam ihm auf halber Treppe entgegen, und er stieg folgsam einige Stufen zu ihr hoch. Karola streckte ihren Arm aus, legte ihre Hand flach auf

* Polnisches Nationalepos von Adam Mickiewicz (1798–1855).

seine Stirn, und regungslos, den Blick bedächtig zur Decke gerichtet, sagte sie schließlich recht verständnisvoll und mit Nachsicht: »Du hast bestimmt etwas erhöhte Temperatur. Aber davon abgesehen, bist du gesund wie ein Bauer. Kein Grund, verhätschelt zu werden.«

Er hatte zwar nicht den Eindruck, dass der Vergleich mit dem Bauern besonders gelungen war, denn die Bauern hier am Ort erkrankten in diesem Jahr genau so oft wie die übrige Bevölkerung, im letzten Herbst sogar noch öfter, er wollte sich jedoch nicht mit ihr streiten. »Natürlich bin ich gesund«, sagte er, weiterhin bemüht, seine Neugier, die ihre Aufmachung in ihm geweckt hatte, zu verbergen. »Du wolltest also von dir aus hierbleiben?«, fragte er. Karola fing unwillkürlich an zu lachen, aber sie schien mit ihren Gedanken ganz woanders zu sein. Nach einer Weile sagte sie zögernd:

»Also wenn du mich nicht störst, dann kannst du eventuell mit mir kommen …«, wobei sie das Wort »eventuell« besonders betonte. Und gleich darauf sagte sie entschieden: »Na gut, komm mit nach oben.« Dann, ohne sich noch nach ihm umzuschauen, ging sie voraus in das Zimmer der Großmutter und sagte im Befehlston: »Setz dich. Und bleib still sitzen.«

Wenig später saß er auf dem Sofa, eingezwängt zwischen einem Haufen von Kissen, die die Tanten handgestickt und der Großmutter zu jedem Namens- und Geburtstag geschenkt hatten, Karola hingegen posierte stumm vor dem großen Spiegel zwischen den beiden Fenstern, wobei sie die nacheinander aus dem Schrank der Großmutter herausgeholten Kleider anprobierte, und hätte sie ihm nicht von Zeit zu Zeit ein paar bedeutungsvolle Blicke zugeworfen, dann hätte er gedacht, sie habe ihn vergessen.

Inzwischen wurde es draußen immer dunkler, im Zimmer auch, in den Ecken lauerte bereits richtige Dunkelheit, und man hätte die Lampe anzünden müssen. Aber als er nur daran zu erinnern wagte, fauchte Karola ihn an, dass es noch zu früh sei und man außerdem Petroleum sparen müsse. Also blieb er weiterhin still sitzen, und so verging bestimmt eine gute Viertelstunde, vielleicht sogar mehr; es wurde ihm jedoch nicht langweilig, denn er war heilfroh, nicht allein in dem Zimmer unten sitzen zu müssen, wo man aus der Küche das Tropfen des trockenen Wasserhahns hörte oder das Schnurren der Katze, die sich im dunklen Flur am Tischbein rieb, ebenjener Katze, die bereits im vergangenen Herbst gestorben war, und überall knarrte, knisterte und raschelte es; aber es reizte ihn dennoch zu fragen, was Karola hier in Großmutters Zimmer suchte und was dieses ganze An- und Ausziehen zu bedeuten hatte. Er wusste allerdings, dass, sobald er auch nur einen Mucks machte, er seine Neugier verraten und dann sofort schroff angefaucht – und vielleicht sogar, wie vorhin auf der Treppe, als kleiner Bub bezeichnet werden würde. Er übte sich also in Geduld und versuchte, ein möglichst gleichgültiges und unbeteiligtes Gesicht zu machen. Währenddessen wühlte Karola weiter in Großmutters Schrank herum, ohne auch nur ein Wort zu ihm zu sagen.

Die Kleider, die sie aus dem Schrank nahm und anprobierte, mussten schon ziemlich alt gewesen sein, denn er hatte nie gesehen, dass die Großmutter sie getragen hatte; im Übrigen hatte er auch sonst noch nie jemanden in solchen Kleidern gesehen – der Schnitt verriet eine Mode, die er nur von Fotografien her kannte; zunächst schien es ihm sogar recht lustig, zuzuschauen, wie seine Cousine eins ums andere anprobierte, es über den Pullover und den Rock streifte, wie sie sich in jedem aufmerksam im Spiegel betrachtete, es dann über den Kopf oder über die Beine abstreifte, das nächste überstreifte, sich wieder von allen Seiten betrachtete und dabei verschiedene ungewöhnliche Posen einnahm: die Arme in die Höhe streckte, sich auf die Zehenspitzen stellte, den Brustkorb herausstreckte und den Bauch einzog oder den Brustkorb einzog und den Bauch herausstreckte; und die Grimassen, die sie dabei schnitt, waren noch viel komischer als ihre Posen. Bis ihm plötzlich in den Sinn kam, dass vielleicht diese ganze Maskerade der Versuch war, sich über ihn lustig zu machen, oder sie wollte ihm ganz einfach etwas heimzahlen, das er bereits vergessen hatte; mehr als einmal hatte sie schon eine Situation ausgenutzt, um ihm zu verstehen zu geben, dass sie ihm diese blöden eineinhalb Jahre voraus hatte. Er beschloss also, den Mund zu halten. Umso mehr als aus Großmutters Schrank ein angenehmer, schwer zu beschreibender Geruch kam und es aus den herausgezogenen Kommodenschubladen nach frischer Wäsche duftete, und alles um ihn herum, gleichzeitig im Dunkel und in einem von unten herauf durch die Fenster strömenden merkwürdigen Licht geheimnisvoll und faszinierend wirkte. Der Schrank, die Kommode, das Bett der Großmutter, der Tisch, sogar der Sessel waren wie schwerfällige schlafende Waldtiere, die Stühle erinnerten an Vögel, die mit hängenden Flügeln auf der Erde ausruhten, und der Schaukelstuhl aus gebogenem Bambus schien sich wie ein Hirsch zum Sprung aufzurichten. Das von einem schwarzen Rahmen umgebene Bild des Großvaters, den man 1940 von zu Hause abgeholt hatte, wirkte an der Wand nur wie ein helles Quadrat mit einem dunklen Fleck in der Mitte; und sein erster und zugleich auch letzter Brief aus Karaganda*, den Großmutter wie eine Reliquie ebenfalls gerahmt hatte, hing daneben und wirkte wie eine graue Fläche, durch die sich

* Stadt in Kasachstan, wohin in der Stalin-Zeit unter anderem Polen verschleppt wurden.

unverständliche, verschwommene Linien zogen, die in nichts an die Schönschrift des Großvaters erinnerten. Nur die Fotografien der Tanten, die in ihren hellen Kleidern inmitten eines sonnigen Gartens standen oder saßen, strahlten, als würden sie nun das am Tag aufgenommene Licht abgeben, und sie hoben sich deutlich von den in der Dunkelheit fast schwarzen Tapeten ab.

Karola hatte die Lampe immer noch nicht angezündet, sodass die Dunkelheit, die Wärme des Zimmers und die weichen Kissen der Großmutter Marek plötzlich müde machten, und um nicht einzuschlafen, begann er in Gedanken wieder Gedichte zu rezitieren; dadurch bemerkte er nicht sofort, dass seine Cousine schon eine Zeit lang dastand, das Gesicht ihm zugewandt, und ihn erwartungsvoll, vielleicht sogar fragend und mit fieberhafter Erregung anschaute. Da fiel ihm ein, dass sie noch zuvor auf der Treppe gesagt hatte, sie habe Halsschmerzen, und er dachte, dass sie bestimmt, wie er auch, Fieber habe; er wollte schon etwas sagen, hielt sich aber im letzten Moment und nur mit Mühe zurück, stattdessen sagte sie halb hoffnungsvoll, halb unsicher:

»Na, was meinst du, welches von ihnen ist für diesen Anlass geeignet?«

»Was soll geeignet sein?« – er verstand die Frage nicht.

»Eines von Großmamas Kleidern.«

»Geeignet wofür …?«

»Na, für mich! Ich hab dich doch mit hier hoch genommen, weil ich dachte, du hilfst mir bei der Auswahl! Was machst du nur für ein Gesicht: als ob du einen Nagel verschluckt hättest? Du weißt doch, dass ich in dem Krippenspiel von Frau Krzyżanowska auftrete. Dass ich in diesem Jahr die Heilige Jungfrau Maria spiele.«

»Also ob es für dich geeignet ist …?«, fragte er, nun schon nicht mehr überrascht, und begann zu begreifen. Von dem Krippenspiel hatte er natürlich nichts gewusst, anscheinend hatte Frau Krzyżanowska die Aufführung nur mit den älteren Schülern besprochen, aber er tat so, als sei er über alles im Bilde. »Ob es geeignet ist? Dieses hier oder eines von den anderen?«, fragte er und versuchte dadurch Zeit zu gewinnen.

»Egal welches …« Karolas vorübergehende Ungeduld war verschwunden, aber in ihrer

Stimme lag bereits mehr Resignation als die Hoffnung auf seine Hilfe. »Großmama hat mir erlaubt, eins auszusuchen. Ich soll nur vorläufig niemandem etwas sagen.«

»Die sind schon ein wenig alt … Nun, nicht gerade modern«, verbesserte er sich rasch.

»Und du meinst, dass die Heilige Jungfrau Maria ein modernes Kleid tragen muss?! Neu vielleicht schon. Aber modern?«, fragte Karola traurig. »Ich habe längst vergessen, wann ich zuletzt ein neues Kleid bekommen habe. Vor dem Krieg. Wer kauft mir jetzt ein neues für die eine Vorstellung?«

»Ach, die hier, die sind doch so gut wie neu«, verbesserte er sich wieder rasch. »Ich glaube nicht, dass Großmama sie lange getragen hat. Die ersten drei, diese Ballkleider, hat sie bestimmt nicht öfter als ein- oder zweimal angehabt. Das sieht man. Nur dass die vielleicht für die Heilige Jungfrau nicht allzu sehr geeignet sind. Aber die anderen sind auch schön. Vielleicht bloß zu lang und in der Taille und an den Hüften etwas zu weit.«

»Ich bin seit letztem Jahr fünf Zentimeter oder auch mehr gewachsen.«

»Na eben, sie sollten fast passen. Sie sind schön!« Er wunderte sich, dass er mit einem Mal so viel zu einem ihm fremden Thema sagen konnte, spürte aber, dass dennoch etwas noch nicht in Ordnung war, dass er es nicht geschafft hatte, ganz die Zweifel seiner Cousine zu zerstreuen; er konnte kaum ihre Traurigkeit mit ansehen, und die Enttäuschung in ihren Augen versetzte ihm einen Stich ins Herz. Aber es kam ihm nichts anderes in den Sinn, als noch einmal zu wiederholen, dass sie wirklich schön seien. Sie aber sagte bereits ganz sachlich:

»Großmama meint, dass wir nun die gleiche Schulterbreite haben, und das ist das Wichtigste. Alles andere kann man umarbeiten, entsprechend hochstecken und ein paar Abnäher reinmachen.« Sie zog rasch den überflüssigen Stoff nach hinten, fuhr mit der Hand über den flachen Bauch, über die hervorstehenden Hüften, zog den scheinbar zerknitterten Stoff glatt, hob den Arm hoch, fuhr mit der Hand über die Brust, dann ließ sie die Arme kraftlos sinken und fragte genauso sachlich: »Was meinst du, steht mir das Kleid?«, und machte eine langsame Drehung, warf noch einmal einen kurzen Blick in den Spiegel und wandte sich wieder ganz ihm zu.

In der Dunkelheit konnte er nun ihre Augen überhaupt nicht sehen, nicht einmal ihr Gesicht. Nur ihre Umrisse zeichneten sich genau ab durch das Licht, das von hinten vom Hof her durch die Fenster schien. Sie war schlank, auf einmal größer als sonst, erwachsener – so kam es ihm zumindest vor – und weiter von ihm entfernt. Als verwandelte sie sich gerade in dem Augenblick – wie sie so vor ihm stand in dem hellrosafarbenen Kleid der Großmutter (das wahrscheinlich für irgendeine Gartenparty genäht worden war) und das ihr bestimmt am meisten gefiel, da sie es als Letztes anzog – plötzlich in jemand ganz anderen, als entfernte sie sich von ihm immer mehr; und sie hatte verblüffende Ähnlichkeit mit einer Gestalt auf einer alten Fotografie oder einem Porträt, entfernte sich noch weiter von ihm und wurde noch unverständlicher durch das, was sie von ihm erwartete: nämlich, dass er zustimme, dass gerade das von ihr ausgewählte Kleid geeignet sei; er jedoch hatte sich überhaupt nicht verändert, war noch haargenau derselbe wie gestern und vorgestern und dachte nur erstaunt und verwirrt an die Veränderung, die in ihr vorging, und daran, dass, selbst wenn er nun Karolas Gesicht und ihre Augen hätte sehen können, er auch nicht gewusst hätte, was sagen, denn sie war nicht nur einen halben Kopf größer als er, sondern ihm auch noch in anderer Hinsicht voraus … Kannte er sich etwa in Kleidern aus? Hatte er sich irgendwann dafür interessiert? Und wie mussten diese Kleider sein, damit sie einem zu Gesicht standen?! Und damit man gleichzeitig wie die Jungfrau Maria aussah?! Was konnte er über die Kleidung von Mädchen sagen? Und erst recht über die Kleidung der Jungfrau Maria? Im Übrigen, was heißt »zu Gesicht stehen«? Heißt das, dass es zur Figur passt oder nur zum Gesicht? So dachte er voller Zweifel, und vielleicht hatte er sogar etwas in der Art laut geäußert, später konnte er sich jedoch nicht mehr daran erinnern. Er hätte seiner Cousine die Sterne vom Himmel geholt, vor allem weil er nun nicht allein in dem Zimmer unten sitzen musste, nur in dieser Kleiderangelegenheit kannte er sich tatsächlich nicht aus. Aber seine Unentschlossenheit musste Karola falsch aufgefasst haben, denn als sie wieder etwas sagte, spürte er in ihrer Stimme echte Resignation.

»Das kommt alles durch diesen verfluchten Krieg! Wenn der jetzt endlich vorbei wäre, dann bekäme ich ein Kleid, das für diesen Anlass passt. Und dann könnte ich es noch an Weihnachten tragen. Und auch bei anderen festlichen Gelegenheiten.«

»Ach, was du daherredest, das hier ist doch wirklich ein schönes Kleid!«

Aber Karola stand gerade und regungslos da, hörte ihm nicht zu oder hörte überhaupt nichts, war unaufmerksam, sonderbar, blickte fast unheimlich in die Dunkelheit, dorthin, wo er saß. Da sagte er mit verzweifelter Entschlossenheit und im Brustton der Überzeugung:

»Du täuschst dich. Das hier ist nicht nur ein sehr schönes Kleid, es sieht außerdem auch noch aus wie neu. Glaubst du denn, Großmama wäre bereit, einfach Geld für teuren Stoff zum Fenster rauszuwerfen? Selbst wenn der Krieg schon vorbei wäre …?« Und dann ohne jegliche Heuchelei und völlig unüberlegt, als habe er ausschließlich seinem Mund befohlen zu sprechen und als wüsste der von ganz allein, was man wohl unter solchen Umständen äußern muss, sagte er noch einmal: »Du wirst in dem Kleid phantastisch aussehen! Unten muss man es nur zehn Zentimeter kürzen und in der Taille ein wenig abnähen. Und oben sitzt es schon jetzt wie angegossen. Außerdem passt es zu deinem Gesicht. Zu deinem Gesicht und zu deiner Figur«, fügte er hinzu. »Wer hat heutzutage schon ein solches Kleid? Du siehst wie eine richtige Mutter Gottes auf einem Heiligenbild aus. Ich kann dir eine entsprechende Abbildung aus einem von Großvaters Büchern heraussuchen.«

Karola überlegte einen Moment, und dann sagte sie zögernd: »Na, vielleicht hast du ja recht« – anscheinend wollte sie es selbst auch glauben. »Aber wenn du das nur sagst, um mich zu trösten … Ich mag es nicht, wenn man versucht, mich zu trösten!« Und nach einem Augenblick, vielleicht schon fast überzeugt: »Ja …, wenn man es kürzt und um die Hüften herum abnäht, dann passt es vielleicht wirklich. Und in der Taille noch etwas enger macht. Na, und an den Schultern noch ein wenig abnäht, nicht wahr …?« Und sie blickte ihn immerzu direkt an, obwohl er weiterhin weder ihre Augen noch ihr Gesicht sehen konnte, lediglich ihren Ausdruck erahnen, und es schien, als sei in ihr etwas erwacht.

Auf ihre Frage antwortete er nicht sofort, und dann war es für eine Antwort zu spät, im Übrigen wusste er auch gar nicht, was er hätte antworten sollen, und war froh, dass sie sich wieder mit sich selbst beschäftigte. Noch einmal zupfte sie an den Hüften das Kleid zurecht, zog es an einer Seite etwas nach unten, an der anderen etwas nach oben, war mit dem Sitz der Ärmel nicht ganz zufrieden, zerrte ungeduldig daran herum, bis sie sich wieder dem Spiegel zuwandte, und er, ohne den Blick von ihr abzuwenden, dachte an den Krieg, eigentlich jedoch nicht direkt an den Krieg, sondern an die Mädchen und an ihre Kleider für verschiedene Anlässe. An die Kleider, die tatsächlich überhaupt nicht neu waren, deshalb gar keine Freude bereiteten, vor allem, da sie zuvor schon jemand getragen hatte und man sie umarbeiten musste. Und es war schließlich überhaupt nicht sicher, dass sie dann auch wirklich zu der Heiligen

Jungfrau Maria passten. Denn konnte etwa eine Heilige Jungfrau Maria ein schulterfreies Kleid tragen? Bisher hatte er noch nie über so komplizierte Dinge nachdenken müssen, erst jetzt, und von diesem mühsamen Gedanken wurde ihm regelrecht schwindelig.

Das durch die Fenster scheinende Licht glitt über Karolas Schultern und Hüften, über denen sie immer noch den eng anliegenden Stoff mit langsamer werdenden Bewegungen glattzog. Was sie tat und was sie sagte, war für ihn (er wusste nicht warum) schrecklich traurig, nicht ganz real und unverständlich, aber faszinierend. Niemand hatte bisher in ähnlicher Weise mit ihm gesprochen, niemand ihn um Rat gefragt so wie sie, niemand von ihm in solchen Fragen eine Antwort erwartet. Gut, dass ihn in dem Augenblick Wiktor weder sehen noch hören konnte, dachte er – der würde vielleicht lachen. Aber anstatt sich darüber weitere Gedanken zu machen, empfand er nur Stolz. Er spürte auch eine bisher nicht gekannte Welle von Wärme, die ihn plötzlich ganz erfasste. Doch dann sagte Karola noch mit einem Rest von Unsicherheit, dass ein umgearbeitetes Kleid nie so sitze, wie es sich gehöre. Um sie vollkommen zu überzeugen, erhob er sich vom Sofa, kam einige Schritte näher, dann noch näher, und als er neben Karola stand, spürte er, wie diese Welle von Wärme stärker wurde. Vor ihm tat sich eine nie zuvor aus der Nähe betrachtete ungewöhnliche Welt auf. Und er betrat diese Welt. Es war die Welt der Mädchen und Frauen, und das war so wunderbar, dass er mächtiges Herzklopfen bekam.

»Es sitzt nicht, wie es soll«, sagte er, und in seiner Stimme lag Genugtuung, und es war ein Ton herauszuhören, der Sachkenntnis und Sicherheit ausdrückte, »denn du hast es über den Rock und den Pullover gezogen. Na, und was das Rückendekolleté betrifft, da müssen die Schultern frei sein, das solltest du wissen. Im Übrigen ist es zu dunkel, und du siehst es nicht gut.«

Er zog an einem der Fenster den Vorhang beiseite, damit mehr Licht ins Zimmer kam, obwohl es draußen schon fast ganz dunkel war. Und dann stand er am Fenster und hörte, wie Karola sich bewegte und mit dem Stoff raschelte, aber er sah sie nicht an, sondern blickte auf die weiten leeren

Flächen zwischen den Bäumen im Obstgarten, die schon in Mondlicht getaucht waren, und er fühlte sich wohl. Hinter den Dächern der Wirtschaftsgebäude zogen am grauen Himmel die vom Mond angestrahlten Wolken entlang und erinnerten an träge, sich in den Schneebergen bewegende Polarbären; und darüber, gleich einer glänzenden Träne, der Vollmond, der ein ums andere Mal aus der dunkelblauen Tiefe hervortauchte und wieder in ihr verschwand. Marek fühlte sich so wohl wie noch nie zuvor in seinem Leben. Erst ein sehr lautes Geräusch riss ihn aus seinen Träumen. Karola streifte das hellrosafarbene Kleid, das sie zweifellos schon ausgewählt hatte, über den Kopf, wobei sie ihn bat, ihr dabei zu helfen, was er ungeschickt tat; dann zog sie den Pullover und den Rock aus und sagte:

»Vielleicht hast du recht. Das hat deswegen so schlecht gesessen.« Sie ging näher an den Spiegel heran, hielt sich das Kleid an, presste es mit dem Kinn gegen den Hals und sah dabei wie jemand anderes aus; sie überlegte, murmelte durch die kritisch aufgeworfenen Lippen etwas vor sich hin. »Ja, so ein Kleid mit Dekolleté trägt man schulterfrei«, sagte sie schließlich zustimmend. Sie legte das Kleid zur Seite, streifte auch noch das Unterhemd ab und zog rasch das Kleid wieder an. Es saß nun lockerer, das spürte sie, und er hörte sofort wieder die vorherigen Zweifel in ihrer Stimme, als sie sagte:

»Na siehst du, doch viel zu groß.«

»Zu groß, zu groß, das sagt man nur so!«, ereiferte er sich. »Du hast doch selbst zugegeben, dass man es in der Taille und an den Schultern ein wenig abnähen muss. Und auch ein wenig kürzen. Einen Zentimeter mehr oder weniger, was ist das schon!?« Er nahm am Rücken an zwei Stellen den Stoff in die Hand und spannte ihn. »Na, siehst du, schon sitzt es.«

Sie betrachtete sich in dem dunklen Spiegel und meinte dann: »Nun ja, lassen wir es gut sein. Ich werde Großmama sagen, dass ich das hier möchte. Wenn ich ein wenig mehr Busen hätte, dann würde es hier vermutlich genau passen, aber so … Vielleicht kann man es ein wenig mit Watte ausstopfen.«

»Na ja, vielleicht ein wenig«, sagte er zustimmend.

»Sicher«, erwiderte Karola sachlich. »Die Gottesmutter mit dem Kindlein, die muss hier vorne etwas haben.« Sie zog das Kleid aus und stand nun sehr nah bei ihm, den ganzen Körper ihm zugewandt, nur in Höschen und Hüftgürtel, an dem vier Gummistrapse mit Metallklemmen für die Strümpfe befestigt waren. Er überlegte wegen der Watte, von der sie gesprochen hatte.

»Die müssen dicker werden«, sagte sie etwas ungeduldig. Sie fasste mit den Händen an ihre kleinen Brüste und drückte sie, wobei sie gleichzeitig den Brustkorb herausschob. »Das wird wohl nicht mehr lange dauern. Denn ich trinke ja nun viel Milch.«

»Ich glaube auch, dass es nicht mehr lange dauern wird …«, stimmte er kaum hörbar zu. Das, was sie nachdenklich mit ihren Händen drückte, als ob sie es kontrollieren und wiegen würde, war kaum so groß wie zwei sich unter der Haut wölbende Hälften eines durchgeschnittenen Tennisballs, und sie wirkten im Schein des vom Schnee reflektierten Mondlichts ungewöhnlich weiß, an den Spitzen jedoch vollkommen schwarz. Ihm schien, dass sie ganz in Karolas Hände passten, aber als er so schaute, war es, als ob sie sich veränderten, dicker wurden, geradezu vor seinen Augen wuchsen.

»Bestimmt werden sie dicker, da kannst du ganz sicher sein«, sagte er mit erstickter Stimme, weil sein Hals plötzlich ganz trocken war, so als sei das nicht nur der Anfang einer Erkältung, sondern einer Angina. Und sie schienen sich erneut zu verändern, bald waren sie da, bald waren sie weg, schwollen an oder verschwanden vor seinem benommenen Blick. Und er versuchte, sich von dieser Sinnestäuschung zu befreien, streckte langsam seine Hand aus; da kam Karola einen halben Schritt auf ihn zu, schaute ihn nur an, ohne etwas zu sagen. Dann berührte er die eine Rundung und drückte sie vorsichtig. Und da Karola sich nicht bewegte und wieder nichts sagte, nahm er sie noch vorsichtiger zwischen die Finger und spürte, wie der darunter harte und straffe Körper nachgab und weich wurde, gleichsam wie ein Schwamm, warm, eigenartig, mit glatter Haut bedeckt. Bis plötzlich, bevor er seine Hand zurückzog, jene schreckliche Erinnerung an das vor Monaten Gesehene ihn erschütterte und ihm den Atem nahm. Und er wich zurück.

In dem Augenblick waren irgendwo draußen vor dem Haus die Stimmen der Frauen zu hören, die aus der Kirche zurückkamen. Karola schnappte sich rasch ihre auf die Sessellehne gelegten Sachen und begann sich anzuziehen. Sie drängte ihn:

»Geh jetzt schnell! Und sag ja keinem, dass ich mir schon dieses Kleid ausgesucht habe. Ich werde Großmama so lange bearbeiten, bis sie es mir von sich aus gibt.«

Aber er hörte ihr nicht zu. Erst als sie ihn wegschubste, lief er zur Tür. Dann rannte er wie ein Wahnsinnger die Treppe hinunter, stürzte in sein Zimmer und warf sich, ohne das Licht einzuschalten, auf das abgedeckte Bett; er unterdrückte die Tränen, verschluckte sich beinahe an seinem Schluchzen und ballte die Fäuste. Nur dass es nicht viel half. Die Tränen wollten nicht aufhören zu fließen, heiß und salzig brannten sie wie Feuer im Hals, das Schluchzen schnürte ihm die Kehle zu, und jene Erinnerung, jener schreckliche Anblick im Herbst, die Kiesgrube, voll mit verstümmelten Frauenleichen, wollte vor seinen Augen nicht verschwinden. Immer noch spürte er in seiner Hand Karolas kleine Brust, wie sie leicht nachgab unter dem Druck seiner Finger, und er überlegte, was er täte, wenn das, was mit jenen Frauen passiert war, mit ihr geschehen würde; er konnte seine Tränen nicht zurückhalten und sich nicht beruhigen. Später hörte er nicht einmal das Knarzen der Tür, nicht einmal Mama auf der Türschwelle, als sie fragte, was mit ihm los sei. Aber das Licht der Karbidlampe, die Mama hereingebracht hatte, drang unter seine Augenlider, und er hörte näher kommende Schritte. Als dann Mama sich zu ihm ans Bett setzte und ihre Hand auf seinen Kopf legte, als sie ihre Finger in seinem Haar vergrub und ihre Stimme – in der Sorge und Zärtlichkeit lagen – ihn weiter fragte, ob etwas Schlimmes passiert sei, gab er keine Antwort; seine Tränen flossen und flossen, obwohl ihre Stimme über ihm immer noch langsam, in einem beruhigenden Ton fragte, ohne eine Antwort von ihm zu erwarten.

»Bist du über deinem Buch eingeschlafen? Vielleicht ist das Fieber wieder gestiegen? Bestimmt hast du was geträumt? Etwas Unangenehmes bestimmt? Einen Albtraum, hm? Vergiss ihn, Träume sind Schäume …« Und sofort zogen ihre Arme seinen Kopf zu sich und drückten ihn an die Brust. »So ein großer Junge und hat Angst vor Träumen. In der Abenddämmerung lässt man dich besser nicht allein, mein Junge …«, sprach die Stimme von Mama weiter, und es klang in ihr bereits ein scherzhaftes Lachen. Aber er presste die Augenlider nur noch fester zusammen, und als er durch das Kleid spürte, wie die warmen Rundungen ihrer Brust atmeten, zitterte er. Das war im dritten Kriegsjahr, und er war zwölf.

Joseph Roth im dtv

Radetzkymarsch
ISBN 978-3-423-**12477**-5 und
ISBN 978-3-423-**19101**-2
Im Aufstieg und Untergang der Familie Trotta spiegelt sich der letzte Glanz der Donaumonarchie.

Die Kapuzinergruft
ISBN 978-3-423-**13100**-1
Wie im ›Radetzkymarsch‹ wird das Schicksal der Familie Trotta beleuchtet.

Das Spinnennetz
ISBN 978-3-423-**13171**-1
Am Beispiel des jungen Leutnant Lohse wird vorgeführt, wie eine ganze Generation von Mitläufern entsteht. Enttäuscht und führungslos werden sie zu Helfern des Rechtsradikalismus.

Die Legende vom heiligen Trinker
ISBN 978-3-423-**13237**-4
Der Pariser Clochard Andreas erhält unerwartet 200 Francs und bekommt so die Möglichkeit, seinen letzten Lebenstag in Würde zu begehen.

Hiob
ISBN 978-3-423-**13020**-2
Wie in der alttestamentarischen Geschichte des von Gott geprüften Dulders, erleidet der gläubige Jude Mendel Singer zahlreiche Schicksalsschläge. Als er zu verzweifeln beginnt, geschieht ein Wunder.

Hotel Savoy
ISBN 978-3-423-**13060**-8
Ein Hotel wird zur Metapher für die aus den Fugen geratene Welt nach dem Ersten Weltkrieg.

Juden auf Wanderschaft
ISBN 978-3-423-**13430**-9
Eine liebevolle Zeichnung der ostjüdischen Kultur und des Lebens in der neuen Heimat.

Das falsche Gewicht
Roman
ISBN 978-3-423-**13853**-6
Der redliche Eichmeister Anselm Eibenschütz wird aus Liebe schuldig und verliert bald sein Verständnis von Recht und Moral.

Beichte eines Mörders, erzählt in einer Nacht
Roman
ISBN 978-3-423-**13967**-0
Die Lebensbeichte des Semjon Golubtschik ist eine Parabel auf die Macht des Bösen – und eine Geschichte von Leidenschaft, Rache und Mord.

Aleksandar Tišma im dtv

»Tišma sieht, zeigt und erzählt wie einer,
der alles über den Menschen zu wissen scheint.«
Ursula März in der ›Frankfurter Rundschau‹

Der Gebrauch des Menschen
Roman

ISBN 978-3-423-**11958**-0

Bis zum Zweiten Weltkrieg kommen die Menschen in Novi Sad relativ friedlich miteinander aus – Serben, Ungarn, die deutschsprachigen »Schwaben« und Juden. Krieg, Terror und Unmenschlichkeit reißen die Stadt aus ihren Träumen.

Die Schule der Gottlosigkeit
Erzählungen

ISBN 978-3-423-**12138**-5

In Extremsituationen zeigt sich die Natur des Menschen unverhüllt. Vier Geschichten aus dem Krieg.

Kapo
Roman

ISBN 978-3-423-**12706**-6

»Tišmas Roman ist ein ebenso großartiges wie irritierendes Psychogramm eines älteren Juden, der als junger Todeskandidat ins KZ gekommen war und als Handlanger der Mörder überlebte … ein meisterhaftes Stück Literatur.« (Tages-Anzeiger)

Ohne einen Schrei
Erzählungen

ISBN 978-3-423-**13423**-1

Liebe und Hass, Triumph und Erniedrigung. Jede von Tišmas Geschichten erzählt ein unvergleichbares Schicksal, jede von ihnen ist ein kleiner Roman.

Reise in mein vergessenes Ich
Tagebuch 1942 – 1951
Meridiane Mitteleuropas

ISBN 978-3-423-**13631**-0

Die Jugendtagebücher Tišmas und der Bericht einer Reise, die ihn in den 60er Jahren nach Warschau, Wien und Budapest führte: der innere Werdegang eines großen Schriftstellers.

Alle Titel wurden übersetzt von Barbara Antkowiak.